山坡和夜街的涼暖

蕭開愚 著

蕭開愚詩選

朝向漢語的邊陲

楊小濱

　　中國當代詩的發展可以看作是朝向漢語每一處邊界的勇猛推進，而它的起源也可以追溯出頗為複雜的線索。1960年代中後期張鶴慈（北京，1943-）和陳建華（上海，1948-）等人的詩作已經在相當程度上改變了主流詩歌的修辭樣式。如果說張鶴慈還帶有浪漫主義的餘韻，陳建華的詩受到波德萊爾的啟發，可以說是當代詩中最早出現的現代主義作品，但這些作品的閱讀範圍當時只在極小的朋友圈子內，直到1990年代才廣為流傳。1970年代初的北京，出現了更具衝擊力的當代詩寫作：根子（1951-）以極端的現代主義姿態面對一個幻滅而絕望的世界，而多多（1951-）詩中對時代的觀察和體驗也遠遠超越了同時代詩人的視野，成為中國當代詩史上的靈魂人物。

　　對我來說，當代詩的概念，大致可以理解為對朦朧詩的銜接。朦朧詩的出現，從某種意義上可以看作官方以招安的形式收編民間詩人的一次努力。根子、多多和芒克（1951-）的寫作從來就沒有被認可為朦朧詩的經典，既然連出現在《詩刊》的可能都沒有，也就甚至未曾享受遭到批判的待遇，直到1980年代中後期才漸漸浮出地表。我們完全可以說，多多等人的文化詩學意義，是屬於後朦朧時代的。才華出眾的朦朧詩人顧城在1989年六四事件後寫出了偏離朦朧詩美學的《鬼進城》等

傑作，卻不久以殺妻自盡的方式寫下了慘痛的人生詩篇。除了
揮霍詩才的芒克之外，嚴力（1954-）自始至終就顯示出與朦
朧詩主潮相異的機智旨趣和宇宙視野；而同為朦朧詩人的楊煉
（1955-），在1980年代中期即創作了《諾日朗》這樣的經典作
品，以各種組詩、長詩重新跨入傳統文化，由於從朦朧詩中率
先奮勇突圍，日漸成為朦朧詩群體中成就最為卓著的詩人。同
樣成功突圍的是遊移在朦朧詩邊緣的王小妮（1955-），她從
1980年代後期開始以尖銳直白的詩句來書寫個人對世界的奇妙
感知，成為當代女性詩人中最突出的代表。如果說在1970年代
末到1980年代初，朦朧詩仍然帶有強烈的烏托邦理念與相當程
度的宏大抒情風格，從1980年代中後期開始，朦朧詩人們的寫
作發生了巨大的轉化。

　　這個轉化當然也體現在後朦朧詩人身上。翟永明（1955-）
被公認為後朦朧時代湧現的最優秀的女詩人，早期作品受到自
白派影響，挖掘女性意識中的黑暗真實，爾後也融入了古典
傳統等多方面的因素，形成了開闊、成熟的寫作風格。在1980
年代中，翟永明與鍾鳴（1953-）、柏樺（1956-）、歐陽江河
（1956-）、張棗（1962-2010）被稱為「四川五君」，個個都
是後朦朧時代的寫作高手。柏樺早期的詩既帶有近乎神經質的
青春敏感，又不乏古典的鮮明意象，極大地開闊了漢語詩的表
現力。在拓展古典詩學趣味上，張棗最初是柏樺的同行者，爾
後日漸走向更極端的探索，為漢語實踐了非凡的可能性。在
「四川五君」中，鍾鳴深具哲人的氣度，用史詩和寓言有力地
書寫了當代歷史與現實。歐陽江河的寫作從一開始就將感性與

理性出色地結合在一起，將現實歷史的關懷與悖論式的超驗視野結合在一起，抵達了恢宏與思辨的驚險高度。

後朦朧詩時代起源於1980年代中期，一群自我命名為「第三代」的詩人在四川崛起，標誌著中國當代詩進入了一個新階段。1980年代最有影響的詩歌流派，產自四川的佔了絕大多數。除了「四川五君」以外，四川還為1980年代中國詩壇貢獻了「非非」、「莽漢」、「整體主義」等詩歌群體（流派和詩刊）。如周倫佑（1952-）、楊黎（1962-）、何小竹（1963-）、吉木狼格（1963-）等在非非主義的「反文化」旗幟下各自發展了極具個性的詩風，將詩歌寫作推向更為廣闊的文化批判領域。其中楊黎日後又倡導觀念大於文字的「廢話詩」，成為當代中國先鋒詩壇的異數。而周倫佑從1980年代的解構式寫作到1990年代後的批判性紅色寫作，始終是先鋒詩歌的領頭羊，也幾乎是中國詩壇裡後現代主義的唯一倡導者。莽漢的萬夏（1962-）、胡冬（1962-）、李亞偉（1963-）、馬松（1963-）等無一不是天賦卓絕的詩歌天才，從寫作語言的意義上給當代中國詩壇提供了至為燦爛的景觀。其中萬夏與馬松醉心於詩意的生活，作品惜墨如金但以一當百；李亞偉則曾被譽為當代李白，文字瀟灑如行雲流水，在古往今來的遐想中妙筆生花，充滿了後現代的喜劇精神；胡冬1980年代末旅居國外後詩風更為逼仄險峻，為漢語詩的表達開拓出難以企及的遙遠疆域。以石光華（1958-）為首的整體主義還貢獻了才華橫溢的宋煒（1964-）及其胞兄宋渠（1963-），將古風與現代主義風尚奇妙地糅合在一起。

　　毫不誇張地說，川籍（包括重慶）詩人在1980年代以來的中國詩壇佔據了半壁江山。在流派之外，優秀而獨立的詩人也從來沒有停止過開拓性的寫作。1980年代中後期，廖亦武（1958-）那些囈語加咆哮的長詩是美國垮掉派在中國的政治化變種，意在書寫國族歷史的寓言。蕭開愚（1960-）從1980年代中期起就開始創立自己沉鬱而又突兀的特異風格，以罕見的奇詭與艱澀來切入社會現實，始終走在中國當代詩的最前列。顯然，蕭開愚入選為2007年《南都週刊》評選的「新詩90年十大詩人」中唯一健在的後朦朧詩人，並不是偶然的。孫文波（1956-）則是1980年代開始寫作而在1990年代成果斐然的詩人，也是1990年代中期開始普遍的敘事化潮流中最為突出的詩人之一，將社會關懷融入到一種高度個人化的觀察與書寫中。還有1990年代的唐丹鴻，代表了女性詩人內心奇異的機器、武器及疼痛的肉體；而啞石（1966-）是1990年代末以來崛起的四川詩人，以重新組合的傳統修辭給當代漢語詩帶來了跌宕起伏的特有聲音。

　　1980年代的上海，出現了集結在詩刊《海上》、《大陸》下發表作品的「海上詩群」，包括以孟浪（1961-）、默默（1964-）、劉漫流（1962-）、郁郁（1961-）、京不特（1965-）等為主要骨幹的較具反叛色彩的群體，和以陳東東（1961-）、王寅（1962-）、陸憶敏（1962-）等為代表的較具純詩風格的群體，從不同的方向為當代漢語詩提供了精萃的文本。幾乎同時創立的「撒嬌派」，主要成員有京不特、默默（撒嬌筆名為銹容）、孟浪（撒嬌筆名為軟髮）等，致力於透

過反諷和遊戲來消解主流話語的語言實驗。無論從政治還是美學的意義上來看，孟浪的詩始終衝鋒在詩歌先鋒的最前沿，他發明了一種荒誕主義的戰鬥語調，有力地揭示了歷史喜劇的激情與狂想，在政治美學的方向上具有典範性意義。而陳東東的詩在1980年代深受超現實主義影響，到了1990年代之後則更開闊地納入了對歷史與社會的寓言式觀察，將耽美的幻想與險峻的現實嵌合在一起，鋪陳出一種新的夢境詩學。1980年代的上海還貢獻了以宋琳（1959-）等人為代表的城市詩，而宋琳在1990年代出國後更深入了內心的奇妙圖景，也始終保持著超拔的精神向度。1990年代後上海崛起的詩人中最引人注目的是復旦大學畢業後定居上海的韓博（1971-，原籍黑龍江），他近年來的詩歌寫作奇妙地嫁接了古漢語的突兀與（後）現代漢語的自由，對漢語的表現力作了令人震驚的開拓。還有行事低調但詩藝精到的女詩人丁麗英（1966-），在枯澀與奇崛之間書寫了幻覺般的日常生活。

　　與上海鄰近的江南（特別是蘇杭）地區也出產了諸多才子型的詩人，如1980年代就開始活躍的蘇州詩人車前子（1963-）和1990年代之後形成獨特聲音的杭州詩人潘維（1964-）。車前子從早期的清麗風格轉化為最無畏和超前的語言實驗，而潘維則以現代主義的語言方式奇妙地改換了江南式婉約，其獨特的風格在以豪放為主要特質的中國當代詩壇幾乎是獨放異彩。而以明朗清新見長的蔡天新（1963-）雖身居杭州但足跡遍布五洲四海，詩意也帶有明顯的地中海風格。影響甚廣的于堅（1954-）、韓東（1961-）和呂德安（1960-）曾都屬於1980年

代以南京為中心的他們文學社,以各自的方式有力地推動了口語化與(反)抒情性的發展。

朦朧詩的最初源頭,中國最早的文學民刊《今天》雜誌,1970年代末在北京創刊,1980年代初被禁。「今天派」的主將們,幾乎都是土生土長的北京詩人。而1980年代中期以降,出自北京大學的詩人佔據了北京詩壇的主要地位。其中,1989年臥軌自盡的海子(1964-1989)可能是最為人所知的,海子的短詩尖銳、過敏,與其宏大抒情的長詩形成了鮮明對比。海子的北大同學和密友西川(1963-)則在1990年後日漸擺脫了早期的優美歌唱,躍入一種大規模反抒情的演說風格,帶來了某種大氣象。臧棣(1964-)從1990年代開始一直到新世紀不僅是北大詩歌的靈魂人物,也是中國當代詩極具創造力的頂尖詩人,推動了中國當代詩在第三代詩之後產生質的飛躍。臧棣的詩為漢語貢獻了至為精妙的陳述語式,以貌似知性的聲音扎進了感性的肺腑。出自北大的重要詩人還包括清平(1964-)、周瓚(1968-)、姜濤(1970-)、席亞兵(1971-)、胡續冬(1974-)、陳均(1974-)、王敖(1976-)等。其中姜濤的詩示範了表面的「學院派」風格能夠抵達的反諷的精微,而胡續冬的詩則富於更顯見的誇張、調笑或情色意味,二人都將1990年代以來的敘事因素推向了另一個高度。胡續冬來自重慶(自然染上了川籍的特色),時有將喜劇化的方言土語(以及時興的網路語言或亞文化語言)混入詩歌語彙。也是來自重慶的詩人蔣浩(1971-)在詩中召喚出語言的化境,將現實經驗與超現實圖景溶於一爐,標誌著當代詩所攀援的新的巔峰。同樣

現居北京，來自內蒙古的秦曉宇（1974-），也是本世紀以來湧現的優秀詩人，詩作具有一種鑽石般精妙與凝練的罕見品質。原籍天津的馬驊（1972-2004）和原籍四川的馬雁（1979-2010），兩位幾乎在同齡時英年早逝的天才，恰好曾是北大在線新青年論壇的同事和好友。馬驊的晚期詩作抵達了世俗生活的純淨悠遠，在可知與不可知之間獲得了逍遙；而馬雁始終捕捉著個體對於世界的敏銳感知，並把這種感知轉化為表面上疏淡的述說。

　　當今活躍的「60後」和「70後」詩人還包括現居北京的藍藍（1967-）、殷龍龍（1962-）、王艾（1971-）、樹才（1965-）、成嬰（1971-）、侯馬（1967-）、周瑟瑟（1968-）、安琪（1969-）、呂約（1972-）、朵漁（1973-）、尹麗川（1973-），河南的森子（1962-）、魔頭貝貝（1973-），黑龍江的桑克（1967-），山東的孫磊（1971-）宇向（1970-）夫婦和軒轅軾軻（1971-），安徽的余怒（1966-）和陳先發（1967-），江蘇的黃梵（1963-），海南的李少君（1967-），現居美國的明迪（1963-）等。森子的詩以極為寬闊的想像跨度來觀察和創造與眾不同的現實圖景，而桑克則將世界的每一個瞬間化為自我的冷峻冥想。同為抒情詩人，女詩人藍藍通過愛與疼痛之間的撕扯來體驗精神超越，王艾則一次又一次排練了戲劇的幻景，並奔波於表演與旁觀之間，而樹才的詩從法國詩歌傳統中找到一種抒情化的抽象意味。較為獨特的是軒轅軾軻，常常通過排比的氣勢與錯位的慣性展開一種喜劇化、狂歡化的解構式語言。而這個名單似乎還可以無限延長下去。

　　1989年的歷史事件曾給中國詩壇帶來相當程度的衝擊。在此後的一段時期內，一大批詩人（主要是四川詩人，也有上海等地的詩人）由於政治原因而入獄或遭到各種方式的囚禁，還有一大批詩人流亡或旅居國外。1990年代的詩歌不再以青春的反叛激情為表徵，抒情性中大量融入了敘述感，邁入了更加成熟的「中年寫作」。從1980年代湧現的蕭開愚、歐陽江河、陳東東、孫文波、西川等到1990年代崛起的臧棣、森子、桑克等可以視為這一時期的代表。1990年代以來，儘管也有某些「流派」問世，但「第三代詩」時期熱衷於拉幫結夥的激情已經消退。更多的詩人致力於個體的獨立寫作，儘管無法命名或標籤，卻成就斐然。1990年代末的「知識分子寫作」與「民間寫作」的論戰雖然聲勢浩大，卻因為糾纏於眾多虛假命題而未能激發出應有的文化衝擊力。2000年以來，儘管詩人們有不同的寫作趨向，但森嚴的陣營壁壘漸漸消失。即使是「知識分子寫作」的代表詩人，其實也在很大程度上以「民間寫作」所崇尚的日常口語作為詩意言說的起點。從今天來看，1960年代出生的「60後」詩人人數最為眾多，儼然佔據了當今中國詩壇的中堅地位，而1970年代出生的「70後」詩人，如上文提到的韓博、蔣浩等，在對於漢語可能性的拓展上，也為當代詩做出了不凡的探索和貢獻。近年來，越來越多的「80後詩人」在前人開闢的道路盡頭或途徑之外另闢蹊徑，也日漸成長為當代詩壇的重要力量。

　　中國當代詩人的寫作將漢語不斷推向極端和極致，以各異的嗓音發出了有關現實世界與經驗主體的精彩言說，讓我們

聽到了千姿萬態、錯落有致的精神獨唱。作為叢書，《中國當代詩典》力圖呈現最精萃的中國當代詩人及其作品。第一輯收入了15位最具代表性的中國當代詩人的作品，其中1950年代、1960年代和1970年代出生的詩人各佔五位。在選擇標準上，有各種具體的考慮：首先是盡量收入尚未在台灣出過詩集的詩人。當然，在這15位詩人中，也有極少數雖然出過詩集，但仍有一大批未出版的代表作可以期待產生相當影響的。在第一輯中忍痛割捨的一流詩人中，有些是因為在台灣出過詩集，已經在台灣有了一定影響力的詩人；也有些是因為寫作風格距離台灣的主流詩潮較遠，希望能在第一輯被普遍接受的基礎上日後再推出，將更加彰顯其力量。願《中國當代詩典》中傳來的特異聲音為台灣當代詩壇帶來新的快感或痛感。

雨中作

有許多奇蹟我們看見。
月亮像迅逝的閃電，
照亮江中魚和藻類。
岸上，鳥兒落下飛起，
搬運細木和泥土。
新鮮的空氣，
生命和死亡，
圍繞著我們。

1986年

死亡之詩

那是一片白色的沙灘。

公路在一公里外的山坡上

繞了過去。

沙灘上，陽光和鳥

分享一個少女。

這個美麗的少女的平靜固定著罪惡，

她被罪惡分三部分分割。

我認識她，

一個偶然的機會，在電影院的臺階上

我知道了她的名字。

我想到過一些不可企及的歡樂。

偶記

有一次我沿著凱江散步，
直走到濃霧散去，遠離縣城，
看見一群鴨子上河跑向
空曠的河灘，一個男人驅趕，
另一個男人折樹枝哼歌
燒飯，我趕忙掉頭回走。
本階級的幸福風景會用爪子
死死抓住它的成員，死死地：
而實際他終生屬於另一階級。
後來河灘在記憶中日益曠闊、迷人，
炊煙的絞索常常繫住我的腳踵。

海灘上

她孤零零地被遺棄在沙灘上，
像肉被風吹掉的一條魚的骨架。
大海退潮海水平靜地躺在海床。
她已經退卻到赤裸裸的色情，
用自己的骨頭戰勝了自己的肉。
不色情，也沒有禮貌。
遊客走光了，她仍然躺在那裏。

女友

十二年一閃而過，同樣的夜晚，纖長的
手指梳理瀏海，甜蜜的果珍，純潔的
慾望誘導一個個話題，夏天啦！
　　那一夜啦！
一直交談到危險信號在耳邊響起。
清潔工憤怒地揮動掃帚清掃街道，
女鄰居敲開門來搭訕，但是我們
沉緬往事猶如兩株植物，
兩株植物在明信片上，在
一片收割後的田野中，親密理智地
等候暮色降臨，而恐懼
逝去，帶走性。夜風中滿是
野草和溪水的臭氣，疾掠而過颺向城市
如此緩慢，污穢，八年後
市民式婚姻才玷污了你的貞潔，
其間一次想當然的冒險悄悄地失敗
作為後來的淚水的泉源⋯⋯
現在，重新戀愛已沒有必要，
可是姑娘，坐著，熱情卻在高升，
拮据馴服的性格領導你克制著，
否則，我們已在同等的愉悅中睡去。

山坡

開滿野花，浮現在這個夜晚的
黑色砂紙上，白色的，黃色的
搖晃在吹拂而來的霧嵐裏，

鮮豔透明的水彩吹拂而來，
鳥兒們帶來了單調的晚會，
在風景畫中演奏，呵，二胡聲音沙啞，

這樣的安魂曲會把她吵醒，
從野花的壓迫下站起，站起，
走回被遺忘佔領的空間，

修辭學換掉了幾批嘴巴的客廳，
饑餓術換掉了幾道菜譜的廚房，
道德課換掉了幾打內褲的臥室，

她將重新攜帶寬容的沉默
來到這個蔥翠然而彷彿在移動的
籬笆旁邊，臉龐綻露痛苦的笑容？

山坡的地下潮濕是地球在出汗，
野花的根在骨腔裏蠕動，這些蛆蟲
爬行為了吃我們依仗的最後的堅硬。

表面上是死者繼續做出犧牲，
其實是生者再一次死去，
這就是美好的體制轉換。

請你回到山坡冰冷的汗液
和鬆弛的沒有知覺的自我控制中間，
反而可以做出判斷而不僅僅是忍受。

抓住你的身體

每當桔子開花，鳥就飛來
落在我們的肩頭
小小爪趾
在我們的肉裏掀起一場風暴
　然後飛走

你冰涼的腳轉使我在睡中
手裏拿著一封信，
在哈爾濱的雪地。

我們庭院裏青草
　折射的陽光和月光
停在你的臉上，你高興地
　坐在去年鋸下的樹椿
看兒子跳躍
　把塑膠籃球踢過圍牆

除了可以扭曲的軟糖，可以滑動的飛行器
兒子還知道什麼？
呵，天空急速低垂下來
抓住你的身體

一張電報

1986年11月6日。

天上出著太陽竟下起了雪。

或者這天陰風四起

時間是1985年春季。

我飛向哈爾濱，那裏一位詩人

告訴我北方雪景十分美。

或者我坐在去西寧的列車上

去柴達木。

家人從四川拍來一張電報

兩個字：即回。

生活就像電報這麼簡單，準確，嚴重，

交通和風景就是為著這個意義而準備的。

1987年

一年中的最後一天

起床時候霧已散盡。
女鄰居穿著內衣在走廊上，
把粗眉毛畫細。
我酒還沒醒又害上感冒，
昨夜寒風停在腸胃。
糟糕的身體屬於我，
難看的體形屬於女鄰居，
她彆扭閃身讓我過向樓梯口，
我毫無目的但必須下去。

陽光從不像此時強烈，
在草坪刻下清晰的樹影，
在草坪上，男生翻筋斗，
女生單腳亂轉，
發白的樹葉零星地落著。
我退著走路，
聽見一輛卡車駛近屁股。
一年結束，
世界從連日濃霧中收回了它的形象，

（牆上的標語無恥地醒目）

但是眼睛不回收淚水。

1996年12月31日

大雪把我們引向波蘭，

幾乎到了邊境。我們應該

從德累斯頓往北，但我們一直往東

停在一片輕輕轟響的田野裏。

後來在監獄城[1]加油，我發現我們都沒有注意到

收音機播放著蕭邦的練習曲。

1997年12月7日

注釋

1.指Bautzen，德國東部鄰近波蘭的一座城市。

熟讀傑克・倫敦小說的船長的故事

我的船隊繞過暗礁，行駛在
喧響的浪溝裏，
船隊筆直前進
把大海犁開──

我驚喜地看見海底：「歡迎你！」
那比藍還藍，漾動著微瀾的廣闊的
深海的水域說，
魚的團體操組成的字說。

我一遍又一遍播種這個危險的詞，「風暴」，在腦
海裏。
我懇求飛過頭頂的海燕
叼起船隊。
我噙著淚花，默默地。

1992年3月29日

早晨

蠟燭的早晨

雪球的早晨

滾動、爆炸、陰謀家和他的岳母

潰敗的早晨

說話的早晨

祈使句、命令句

和起始語言的早晨

高音喇叭的早晨

牛奶、雞蛋和思慮的早晨

階級鬥爭的早晨

四肢運動的早晨

陽光和空氣的早晨，肺和

表面的早晨

汽車開動

把丈夫拖走的早晨

呵霧

山頭呢？房屋呢？人呢？

請不要再哈氣

請不要催眠今天

請不要驅趕，不要

請不要張嘴

請不要相信空氣的浮力

辜負了頭一次善意的渴望

辜負了伸出去的手

辜負了燦爛的面孔

辜負了迷人的腰

辜負了保密太久的晨光

辜負了靜靜焚燒的道德

我潮濕的身體已經到達中午

我低熱的心思已經到達中年

我看著霧散進微弱的陽光

我穿行於塑像的叢林

我打開鉛字幾乎逃光的書

我勸慰小小的夢想

家庭生活

為什麼我住在朋友的房子裏
秘密地讀書,帕斯卡和米沃什?
我願意住在家裏,和妻子在一起。

窗外的行人在走回自己的家庭,
那麼急躁,他們的孩子
和我的孩子一樣,今天長得更漂亮!

米沃什說這個世紀是一次子宮的
痛苦,接下來,
不同的光明會照亮黑暗的孩子們。

但我的心胸充滿了溫情。
它氾濫!它脆弱!
它使我的生活成為猛烈的暴風雨!

但也是這裏,我吃驚地看見落日
和黎明,成為憤怒和抒情的
適度的形式,強烈,又有合乎閃耀的中止。

最好的一天

遲至中午起床，氣溫

升到37℃，取消上街計畫

心裏向舊書販子致敬

希望他們的好版本不要成交

下周，有個涼爽的星期天

我也不讓美貌的機器

捆在夢中，沒完沒了

從冰箱取出果凍

把封建國土（杜神父

和他的地圖小組忍著蚊蟲丈量）

鎖進黑色漆皮書

草草瀏覽報紙的標題

一個啟示促使我

進廚房──寬可以側身──

削土豆皮，切土豆絲

縷縷暖意，哦，縷縷暖意

把我從熱汗解救

然而我打起寒噤

太費解了，土豆絲來自土豆

而好日子來自發現

哦，女士，你的個人法律

女士，你的法律部分地保留

在你的講稿中，它使你

講課時使用莊嚴的口吻

你的天真和你的固執

贏得一個旁聽學生的敬意

而他奉行著另外的法律

沒有誰譴責他，親人沒有

金錢沒有，正義感也沒有

然而他突然感到也沒有什麼會寬恕他

兩堂課，一個下午的憧憬。

學生走出教室，終身離開法律

你卻走進講義的下一章

星期天下午

孩子們離開父母登上空中纜車，
車輛快速下滑，他們尖聲喊叫，
他們的歡快的詛咒越過遊樂園，
落在學校的教室和家裏的書房。

時裝的妻子坐在年輕丈夫身邊，
她哪裏知道他小心翼翼地走
在水面，他感到體重增加了，
最近每個方面的負擔都在增加。

愉快的微笑閃現在他的臉上，
他夾在他們中間出了公園，街燈漸亮，
夾竹桃的白花在燈光下開放，當全家
坐上公共汽車，他懶洋洋地落入睡眠。

郵遞員又來了

當無產階級的冬天的朝霞

照亮西湖邊的石塔頂，

一個女人代替另一個，

不抱希望但沒有死心，

把尖叫改裝成問候。

明信片用明朝閣樓

和小溪挑逗對外鄉的貪欲，

他們挪動脆弱肩上的記號，

試圖把茫然的視線

和茫然的視線結成明亮的鎖鏈。

1997年1月3日

照片

這張照片的分量超過逝去的時日。
當我重看魁山的照片，雖已發黃，
捲曲著的道路爬出旅行包，
重新伸展在緩坡和崖壁上。

從模糊傳出的笑聲嗡嗡地
繞我的腦袋迴響，當時多麼爽朗，
敲擊夥伴們心靈的鑼面；山下，
縣城像一艘木船沉在河底，

像在緩慢漂動；我們擁抱，
我們波浪貼著波浪，把軀體
交給遺忘挑選的時刻：清晨，
蒼白的太陽剛升進雲朵。

我們的朋友來自陌生的島嶼。
鄰居冷漠的目光鼓勵他用牙籤
刺自己的眼睛；他出海捕魚，
從墨水藍驟起風暴的遠海。

縮短行程，他要提前踏上歸途。
樹蔭裏他告訴我們這些果樹
綴滿咒語，幾年後，我們將
走出虛無再次聚會到這座山頂。

我害怕用重逢那未來的乳頭餓我此刻的嘴，
你走吧！我在抽屜裏找到
帶血跡的鐵絲，多年前它像神經
拘禁過我的肉體，現在卻是笑料。

希望他帶走的窖酒換掉了鄰居的臉色，
如同美國佬所講築起一道籬笆，
我希望他築起在臥室與客廳之間，
讓幻夢與機械的生活和好。

我如何戰勝這張照片的壓力？
出自美好的願望，出自抗拒夢魘
繼續映現汗濕快樂的面孔，
……和魁山，翠綠家鄉的抽象。

失去的影集

舊日的影集不再屬於我

那些黑白照片使我看見

我曾經是個純真的孩子

在黃繼光銅像前肅立

一夜又一夜，趕寫批判專欄

在田野四月的綠色中

朋友們的眼睛警惕地睜大

但當仿皮的夾克

換下灰藍學生裝

我意識到，花園

毒死一代人的思想，山嶺

和公園長椅，急切地閃動

痛苦而陶醉的身體

那時，同伴希望

復活古代王國，重現宮庭

和少女的輕狂，不惜

犧牲政見、身邊的姑娘

好衣服和好餐館幫助我們

到生意場，或離開中國

譴責生活是一場惡夢

如果照相，我們或許

終於擺脫了土氣，或許
和我一樣微微有些駝背

李小紅的情慾

1

她一個人在去辦公室的路上，
長長的樓梯上誰能夠幫助她？
招呼她的同事火速
轉向別人，他的熱情
留在乳房、小腹、大腿，
她告誡自己幾分鐘後都會消退；
她將手指放進嘴裏緊緊咀嚼。

2

黃昏，百貨公司高大的玻璃窗
比店裏的貨櫃還繽紛，
她感到恐慌：商店裏
播放流氓演唱組的唱片，
歌聲在大街地面和空氣中震顫，
她忍耐，徘徊，消耗，
深夜回家，睡覺。

3

被窩裏，她玩手電筒，
害羞地瞅著燈泡，
簡單的電路放射
迷人的光；不從造反
歸納憎恨和出局，
她也許將一生獻給另一個人的一生，
中學的物理老師或電工。

4

舌頭未曾傳送一個髒字，
未曾品嚐星期日和生日，
阿芳和阿香醋意的動詞
發散黃色
和膻腥氣味，她毫無反應；
電視裏的人調情，
她有時微笑，輕聲說：啊！

5

她未出生父親已經死去。
她讀過他的幾本書，
過去的思想，她懂得，應該
和舊報紙一同拋棄。
天知道那真是他，那麼英俊，
她將他發黃的照片
放進抽屜的雜物裏。

6

她的乳房挺立，
像是驕傲地嘲笑愛情。
她的乳房多餘，是她的累贅。
鬆軟著、垂落著皺折的皮。
她不再用紙
和化妝品，仍然
小心臉色和體形。

7

在陽臺，她躺在躺椅，
幾十盆花花朵盛開，
芳香浸透她的臟腑，
癢癢地。憤怒偶爾
共著妒忌竄過腦海，
浪花，甚至波紋，也不激起，
沒有什麼請她從躺椅上起來。

吃垃圾的人

炎熱難當我快步走上大街
又走進一條小巷,
一股風迎面吹來,在拐角處,
在拐角處他彎身在風中

專心吃著垃圾。
他黏成一團的長髮垂入藍色垃圾桶,
他的舌頭輕巧地
在一個瓶蓋上捲動。

他全身赤裸,
污垢給他罩上黑底暗花的長袍,
從頭到腳,
從開始到結束我想起他來了。

1968年冬,一個夜晚
越過漆黑的南部丘陵
來到我家,他說:
「我走不動了。」

呵，他是一個疲憊的戰士！
在剛剛結束的戰鬥中，
攻上太陽山低矮的山頭，
在山頂臨時廣播站熱烈地朗誦。

為什麼連夜逃走？
為什麼不在狂歡的營地狂飲？
為什麼步行比鳥飛還快？
為什麼睡得如此安詳？

他把死亡幸福地
描繪在他的身上，
他來自外省，
也許，來自另外的世界；

舌頭從蒼白的嘴唇線
微微吐出，一個消息
要轉告我們但他沒有，
他的屍體突然

平放在地板上，顴骨高聳。
漆黑的夜晚他葬入
黑暗的大地。
記憶黑暗的洞窟。

他叫什麼名字？
名字（和別的）於他有什麼用？
垃圾從桶裏伸出頭顱
花花綠綠供他享用。

他從垃圾中間抬起頭，
看見我，隨即
又把頭埋下，
舔一個罐頭筒的裂縫。

他是個天使？天使
來到了現實中？而我
告別了垃圾和吃垃圾的人
走啦，走進小巷深處。

1991年7月22日

寵兒

他離開家鄉來到北京，
在旅社住下，決心
在九十年代成為二十世紀的琉善。

在聚會上他斥責聚會
對孤獨的個人的團結
毀滅個人的暴力的孤獨。
他斥責葡萄酒的沉悶的甜味，
他斥責著意點起的幾根蠟燭。
他斥責主人，挖苦客人，
他斥責歷史和歷史上的真理。

不，在船艙裏，眺望河兩岸的景色，
河水宛如桃花的粉紅的汁液，
一位勇士一夜之間鬢髮皆白，
幾個藝術家的糟糕的處境，不值一提。

他嘲諷的口吻敏捷地
譏訕主人和主人的客人。
在團結湖，他用李漁對付海德格爾，
在百萬莊，他用海德格爾對付李漁，

在兩地都受到不同程度的崇拜和嫉妒。

處處的門向他敞開，歡迎他。

他帶著他的小品文，步子輕快。

艾倫・金斯堡來信

親愛的，我跟你們國家的驕傲

　　──牡丹花──在一起。

　　我身邊躺著一個人，這麼軟弱，可是這麼有力。

　　他在我的眼睛裏找到幾十幅《圖蘭多》中

　　必須的佈景。

　　他打量著並留住這些圖畫：它們像喉嚨裏的沉默

　　瞳孔裏的黑夜，和耳朵裏的政府，飄渺而緩慢。

啊，他的手臂舌！他的英語

　　帶著方塊字的棱角

　　有如山雞的金黃的羽毛。

　　他低低向我耳中灌氣，

　　我像發抖的就要爆炸的氣球。

　　他講了一串古怪的漢語，而我坐在漢語的肥皂上

　　滑行在污垢生活的泡沫中。

我咀嚼過中國人吐出的菜渣。

　　在西安，李世民的首都，我參觀過

　　那些小小的山丘，時間的嘔吐物，

　　在八月的陽光下閃著陰冷的光亮。

　　我不明白歷史家為什麼給我們注射致幻劑，

　　而築墓的工人就像時間，驚訝於皇后（或是女

　　皇）的美麗

並用墳墓抓住她。

我拒絕可卡因的幻覺，我現在抓住了一頭黑髮的

　　中國人，他還說著我不懂得的漢語

　　百葉窗析進室內的光線

　　有著玫瑰的調侃的紫紅色

　　他的面孔像是一截生嫩的蘿蔔，

　　Allen，他說，聽起來像我說走調的漢語：愛情。

走調帶給我們多少歡樂！加里‧斯奈德，我的哥們

　　登上王之渙架設的樓梯，看見光在平原

　　綠色在山坡流淌，就像血液在北外禮堂凝固，

溪水

　　從他嘴裏濺出。

　　新美學的幼苗昂揚著濕漉漉的頭顱。

啊，從三藩市的廣場我逃離了混亂迷信的

　　核彈頭：大麻和妓女的小腹。汽車在公路上

　　就像音符線上譜上。我跳著醉步舞逃離了

　　圖書館，我逃離

我聽見布萊克的老虎咆哮，從雲層，從海水，

　　從中國的上空。

我給長江寫詩，它奇特的轉折寬闊

　　（巨大的奇妙）像早期書法家

困倦時的惡作劇。

我在甲板上核對兩岸的山峰，李白的山峰，

光禿禿的山上有獅子和猿猴。

李白！詩！神奇！

李白，給我一個節奏！一個韻！一排波浪！

我是一個淚汪汪的爆破手？一個歌星？一個佈道者？

一個被戰爭遺棄的迷糊的自我主義者？

你們的社會在躍進，躍進。

英雄鋼筆，紅旗拖拉機，

煉鋼爐的火焰書寫報紙的標題，

新的醜樓推倒舊的醜樓，

親愛的，我是左派嗎？

我是同性戀者。我的聽眾已體面地把我忘記。

我的靈魂裏沒有光。我的感情裏沒有和絃。

我的腿間沒有速度。

1968年，我願意是亨利·米肖，一個高級將領

1968年，我願意在天安門城樓上朗誦詩

我從東方回到美國

出版了《行星消息：1961-1967》

年過四十，不想去伍德斯托克，我是紅耶穌，

我死了。

我在南加利福尼亞旅行，全部地投入生活。

　　我1950年就把自己發射出去了，我在所有的軌

　　道上

而你們的道德觀使世界為之腿軟。

　　你們的饑餓使我們害羞。

　　你們的婚姻使我們淫蕩。

　　我，我精神麻醉。

　　我懷疑我去過東方。我懷疑我曾經吃素。

　　我離開了高速公路。

因為我厭惡我的聲音，

我為拋棄它直至嗓子嘶啞。

我愛寺廟裏講經的聲音。克制而虛無。

我願意回到中國，在江西北部

　　一個河畔村安家，買兩畝地，

　　釀一窖酒。

　　噢，克魯亞克早死。

　　親愛的，這封信到此為止。

　　他讓我燃燒起來；六十幾的老人

　　是一堆乾柴。

來吧，歡迎你！我樂意與你交換國家

　　交換年齡和一切。

他不願意。他不知道漢語如何表達

我不在時的chagrin。兩年來他忘記了母語，忘

光了。

我又將錯過一次機會，純粹地坐著。

我的母親就是白熱化地坐著

死去的。留給我一把鑰匙。

我將開啟

通向我⋯⋯的小門。

了不起的他，啊，蠕動的皮膚，一塊真實的三明治

（讓我親吻你，中國的大地！）

來信！

你忠實的Allen Ginsberg

1990年1月2日於中江

下雨

——紀念克魯泡特金

這是五月，雨絲間夾著雷聲，
我從樓廊俯望蘇州河，
碼頭工人慢吞吞地卸煤，
而炭黑的河水疾流著；

一艘空船拉響汽笛，
像虛弱的產婦晃了幾下，
駛進幾棵洋槐的濃蔭裏；
雨下著，雷聲響著。

另一艘運煤船靠近碼頭，
「接住，」船員扔船纜上岸，
接著又喊道：「上來！」
隨後他跳進船艙，大概抽煙吧。

輕微的雷聲消失後，
閃出一道灰白的閃電，
這時，我希望用巴枯寧的手
加入他們去搬運水濕的煤炭，

倒不是因為閃電昏暗的光線改變了
雨中男子漢們的臉膛，
他們可以將灌滿了他們全身的燒酒
贈給我。

但是雨下大後一會
停住了，他們好像沒有察覺。
我昔日冒死旅行就是為了今天嗎？
從雨霧捕獲勇氣。

日本電器

開始是三洋和松下答錄機
把香港和臺灣當做紅燈區，
介紹給我們的壓抑的生活。
我們的英雄還是喇叭
和喇叭的數量的佔有者，
他們喚醒記憶中的仇恨
加給記憶新的同類仇恨。

早些時候大陸和島嶼
簽訂了一個綠色條約，
接著簽訂了其他條約。
他們再次來，從吳淞口，
上次是征服，這次，
來到熟悉的地點，
把中國的石頭變成鋼鐵，
變成中國生活的支撐。

我們在沒有夏天和冬天
沒有冷和熱的日本氣溫裏，
上班和過夜。肉和蔬菜
以三菱冰箱的永恆氣溫

鞏固我們的厭食症。
索尼電視放著索尼廣告，
引誘我們買它的皇帝。

我們的平原和山區，
漢族和少數民族都接受了
龐大而昂貴的圖畫皇帝，
它的畫面和聲音如此清晰，
證明我們生活在模糊中。
甚至更壞，DVD將要
證明好音樂是扼殺過的，
眼見的白天是黑暗的。

1996年12月28日

人民銀行

陸家嘴的樓群在傍晚的灰霧中
垂下昂貴的頭顱。
人民銀行的椅形大廳
有麻臉警衛禁止我們這種人進入。
我們不是銀行家和銀行家的親戚，
我們不是這座銀行要算計的人物。
我們是人民，男人和女人，
莫名其妙但是喜氣一身。

銀行的母親竭力端坐，
老而權勢，吞嚥數字。
數字驚詫，
多半是黃連的苦味，
少許可卡因的騰達的幻覺，
過多地出自乘法，
野蠻而心虛地堆積，
朝著一次自由的腹瀉。

害怕人民的數目的人
登上講臺，並從會議溜去銀行。
我聲稱我是無產階級詩人，

卻酷愛到外灘和陸家嘴轉悠。

謎面就像高壓電經過椅子

征服神經網路，戰利品

　是沉默。

少於人民又多於人民。

　　　　　　　　　　　　　1997年1月20日

我如此幸運，同友人到大興安嶺旅行抵達漠河，
並於哈爾濱遊覽太陽島

幾年來，松花江北岸

稀疏的樹叢和開闊的天空

像一個陰謀誘惑著我，

幾次，踩著中央大街

石砌的街道去到江邊

我都感到可以踩水過江，

但是兩年前春節，第四次

去哈爾濱，騎上租來的馬

在冰凍的江面奔跑，還和馬主

發生爭執，就是沒有

跑到屬於對岸的一半江面。

現在，從大興安嶺歸來，

發現過去朦朧的新奇感那麼陳舊，

看見，欣悅，始終沒有去到，

產生了難以形容的揣測。

當火車咆哮著駛過江橋衝進江北平原的夜晚

興奮迅即被替代，買鋪位，找開水，感冒，

齊齊哈爾遲遲不用它密集的燈光斬斷平原——

　　　林區並不令人振奮，在加格達奇，

午後，微弱的陽光被北風颳走，

然而在林間公路，在山洞口[1]，

我被一種緩慢的節奏攫住。

我們沒有進入林中漫遊，拍照和聊天，

三天中整整一天我生活在北魏，

甚至更早時候，就在這片古舊的森林

質樸而剛毅，一個鮮卑人。

也許，我是一個契丹後裔，

從公園到森林裏獵奇，可是汽車

和窗玻璃把我們固定在座椅上，

穿行於大興安嶺觀看一部大興安嶺的紀錄片。

　　我為自己的腐朽吃驚，即使在

黑龍江江灘（江流平緩，寂靜，奇妙）

和洛古河村迷人的村街散步，在村長家喝酒，

在波瀾般湧向遠山的樺樹林旁，我也沒想留下。

加里・司奈德一定會。

　　也許，這座森林的榮耀，

戰士遠征和伐木工人的鋸木聲，

我並不真正懂得。像當地人，

我為十年前的熊熊火災心臟悸痛，

比起當地人我更多地想到蒙古族人，想到

突然，雪暴阻止我們前行，

想到一個漫長的碳素墨水式的黑夜。

　　車回哈爾濱，鼻塞喑啞，為麻木的人生觀
我開始治療。

　　當天遊太陽島，
從矮灌木叢到松樹林，陽光照著落葉，
我想到給在林區當部長的詩人寫信，
個個水窪清澈，儘管馬車夫亂收費，
老朋友談詩──老式而親切──哦，十月的明媚風景
為十年眺望畫上句號。

注釋

1.山洞，指嘎仙洞，鮮卑人遺址，拓拔氏人在中原建立
　北魏政權後曾派人往嘎仙洞祭祖。

草坡

斜長的草坡有種羔羊的調子，
自由，明亮，銅器一樣悠揚。
在那裏默思，清涼的河水在三尺高的
石砌的岸底下，在鯽魚中間流過。

牧童牽來水牛，有時是黃牛。
在好草面前，畜牲貪婪又溫柔，
草吃過，第二天長得更茂盛。
想著家務事，唱著採桑小調，

女人朝我走來，她兩手水果
和花籽，後面跟著年幼的男孩。
我們做簡單的遊戲，讓他快樂
又受到教育，他寧願捉蝴蝶。

突如其來，魚鳥飛到她腳前
掠去食物，打斷她的出神。
在一本關於原罪的書中，我讀到
美麗的單位，一個城市為一海倫。

啊，夏天，玉米垂下河岸，
閃耀的女人和滿河孩子
都躲藏到哪裏去了？秋風兇悍，
河水日冷，楊柳衰老，枯死。

空氣插入肉裏，像閃亮的果皮刀
剔出身體的負擔。
體重減到多輕才能夠飛翔？
我半躺著，琢磨手上的卵石。

1986年初春

烏鴉

有一天，在小學課堂，
我學會了這個名詞。
那天晚上我看見它的黑色翅膀
從天空分離，像一把降落傘
帶著飛翔的感覺落下，
罩住妹妹和我的身體。
唉，妹妹從院子裏的核桃樹下
遲疑地走進她的臥房，
走進巨大烏鴉的嘴裏。
後來在異鄉，在遺址，
在心臟的牆壁我看見鴉群
驀然起飛如同死亡的預感
如同烏雲，就想起妹妹。
她和一個男人結了婚，
在鄉場惟一一條短街，
一個雜貨鋪裏。

1997 年 1 月 19 日

幾隻鳥

在縣城上空收攏翅膀
暗褐尖喙咬住自來水廠
高塔上的少女的舌頭，她在廣告畫中
舔啤酒泡沫；

我去郵局，望見她背後的避雷針像
　　飛出的箭，銳利了恐懼；

它們築巢在矮樹枝上。
它們的道路──它們的聲音
擴散在雲朵中
　　　　　　──在高處放縱
需要低的睡眠，在
捕食蟲子的谷地的洞穴。
樹撐彎了翅膀，仍然無法脫離──

南方的冬天
爐子熄火，
滯重的人群　在大街　被風吹過去似的
沒了。

（我小時看過一齣川劇，
葬禮，鑼鼓把觀眾的呼吸
拉長到六尺。）
紙的雪片撒落著，
我壓根兒沒有升起。

這裏的天空是麻雀的
它們快活得像蝨子
穿著風衣，吱吱唱歌，忘記了
人（天空）；

天空並不飛動，它透明地藍和白

這岩石和海水的天空是一句咒語嗎
即使對於宇航員
　　　　　　　從月亮返回。

從山巒到山巒，從夜晚到夜晚，
從飛翔的弧線到

自然經過它們的喉嚨。

　它們的頸

連接著琴，沉思

迫使它們唱，

　它們巧舌如簧。

我見過許多種類的鳥

依賴腳爪，像猴，

　擺脫了憂傷地悠然：

「沒翅膀的傢伙，

天空給你，月亮，火星，宇宙！」

我站在地球的邊緣（郵電局旁邊）呢，

我不打算再往前走，

這條街連接著

郊區寂靜的夜晚。

1989年

秋天

追求美感的人啊，如此急切，
收回動聽的話語。
縮小了一些的嘴巴緊閉，
和鋪上霜的早晨一樣白。

追求你的人跑步來到這裏
清爽的晚風裏。滿盈的倉庫
裝著黃色的火藥，也不爆炸。
原來是那些穀粒不會爆炸。

你那金絲做成的薄衣裳
想一想啊，女妖的衣裳裏的玉。
難言的軟弱，更是難言的寒冷。

越收斂卻越是空曠。
你飛起來，像一隻白色的鳥兒。
要是飛起來多好，迴旋、私語。

秋天

【附：2003年改訂稿】

追求美感的人，如此著急，
收回好聽的暗語。
縮小的嘴巴緊閉，
和霜晨一樣白。

追求你的人跑來
清爽的晚風裏。滿盈的倉庫
裝著黃色火藥，也不爆炸。
原來是穀粒不會爆炸。

你那金絲的薄衣裳，
想一想啊，衣中的玉，
難言的弱，更是難言的冷。

越是放棄越是空曠，
你飛起來，像一隻白色鳥兒。
要是飛起來多好，迴旋如私與。

姑娘

堅固的石板房，避風的谷地，
遼闊的海水無休止地轟炸的
一座島嶼，跑下海岸的姑娘
好似脫韁的馬匹，裙幅緋紅。

明澈、深湛的海水正適合於她。
裙子浮在水面，散成一圈。
層層擴展的一圈啊，看上去，
海洋是一片風波不興的池塘。

她癡癡想著這一盛大開放。
空氣中令人興奮的潮濕
就是她的芬芳，她的隱喻。

後來她想到這個憂鬱的騙局裏
最幸福的人還是她，
細而又細地品嚐自己的蜜。

母親

她是從兩個世界裏
同時出現的蒼老形象。
她已經厭倦，懂得讚美，
酒壺、香料和象牙梳子。

在自留地想起初戀。
蔬菜繁盛，晚年荒涼。
似乎才開始，死者的臉上
出現雀斑。

給了女兒一雙白皙的腿
沒有給她一條短裙。
死者的腦子裏滿是悔恨。

愛，幾乎就是她的秘密，
由一點而壯大。她的房間裏，
保留著敬箱[1]和幾天迷亂。

注釋

1.敬箱，四川農村的袖珍家用保險箱，用於保存珍貴信
　件、值錢和秘密的玲瓏玩意的小匣子。

中江縣

1

這座縣城等待著
節日改造街道。
原來是一座戰場，
劇場裏平躺著死去的勇士，
身體嵌滿子彈，像黃繼光，
1968年的紅色烈士。

時髦女士懂得時光的價值，
把青春安排在縣中。
邀請美術老師吃晚餐，
邀請他的魔力留住她的魅力，
月亮從窗戶照耀裸體。

2

凱江從柳樹枝葉的縫隙
迎來黎明和蒼老的洗衣婦，
這條江接納了
最美好的女性。

她們請求兒子從屈辱
退卻，直到與榮譽重疊。

當河床乾裂展出長卷
絲網畫，當人口販子
在槐樹旁斃命，當慾望
掙脫禮貌的捆束，
縣長從都江堰買水
賽龍舟慶端午。

3

來自成都的公路通往三臺，
來自德陽的公路通往遂寧，
另有一條公路通往綿陽，
但沒有旅客逗留。
夜間本地男女歡愛。

人口增多，夢想減少。
青年重訴前輩的憧憬，
「機械化，呵，機械化！」

饑餓的風暴颺走了

梳粧檯，和春色。

土地和人民為下一次風暴準備著。

烏木紀事

稻田被房產商挖開，樣子像是盜墓。
地下五米深，硬腫的烏木，一共兩根
像沉睡的恐龍夫妻，躺在河沙覆蓋的
舊河床上；我含糊聽見他們的鼾聲。

或許他們只是一對麻柳兄弟，但是，
完整的睡眠獎賞它們的夢幻，讓木頭
變成石頭，讓肉體變成不朽，讓長長
扁扁的夜晚，變成無肉骨頭的平攤。

專家帶來了黑色價值的驚喜，小夥
和姑娘連夜規劃，準備在本縣惟一的
雕像前訂婚結婚，時間是本縣惟一的
藝術家，凡晴天它都貢獻一道陰影。

四月升溫以奠酒開始，以離婚結束。
烏木硬是被鋸斷了，等待吊車、鐵釘，
老頭子終將在捲曲的月光下來到河灘，
為河道搬動而思過，而寬容地傷感。

1997年5月27日

塔　　一分鐘風颳來三分鐘雨，
　　　　隨後幾分鐘放晴，他和她
　　　　奔跑著穿過朦朧的柳蔭，
　　　　忽停下，俄而，又緩緩前行。

　　　　他們在旁邊的低地挖掘，
　　　　新式鑽機向黑暗，也許
　　　　是被迫黑暗的深處，鑽頭
　　　　穿過蠕動的岩層；真深。

　　　　他們抵達防波堤的盡頭。
　　　　注射器纖細在對面山頂。
　　　　「塔是委婉的」，他說，
　　　　「想天空繁殖一窩兒女。」

　　　　「我之粗暴，把深深的
　　　　給深深地刺破，給頂峰加高，
　　　　就像女人給男人戴帽子。」
　　　　她相信他是一個夢遊者。

風久久地颳，雨下得大。

他撇下她的疑惑，獨自走。

鑽井工人像蝙蝠貼在牆壁，

塔瘦削地堅持孤獨的性。

六年前

六年前，步行穿過隧道，在沈家門[1]
吃驚地看到電視裏的士兵列隊挺進
在北京街頭，當我上船前往東福山
痛苦地感到歷史正在身後發生巨變

在島上，海燕緊貼海面飛近礁石
我是那麼恐怖，沒想到歷史很快證明
那樣的銳氣是多餘的，離中南海多遠
就有多麼遲鈍，哪裏談得上個人化

現在從沈家門到朱家尖，每個遊人
褐色的皮膚都讚頌時間的流逝，我的
一個計畫被《舟山市航運時刻》篡改
回到上海仍還夢想那被阻斷的航程

注釋

1. 沈家門為舟山島南端港口小城，東福山為中街山列島
   最東面的小島，朱家尖為沈家門對面的一個島嶼。

過
江

星期六傍晚，九江路外灘，
電車把我拉給江風。
周復一周，車廂裏，
陌生人團結著敵意。

又到江堤
看人看燈，石牆和鐵頂
抖擻獸皮、饕餮年齡；
又像醉漢瀏覽婦女。

旁邊一個刺頭尖起嗓門，
答覆我沒有提出的疑問，
「原來，兩岸一團漆黑。」
我鞋中繁忙著一個碼頭。

渡輪壓著汽水瓶、塑膠袋
和魚鱗航行，我回望浦西，
南京路的長筒襪，
自墓穴出遊的大亨。

他們連夜過江，

帶著三十年代電影中的行頭

高利貸和大嘴巴，

把一片片菜地搬進一個個餐廳。

一場小雪

從她的家裏出來雨變為雪。
街燈幽暗旋轉著雪花，
雪花搖動著夜，
和南方的臥室。

與我的臉和頸輕觸，
快如命令。
我追求閃亮的沉默，
在山區狹長的山谷，
和你匯合，我和你。

雪是天意，無聲地
刻寫太湖的陰沉的水。
縣城的街道被熟悉的磁力
（如破傘骨架在修傘師傅的手裏）
收攏，疾病支撐著一個女人。

她的日子由日記本管理。
她的夜晚平分她的肉體，
偏向側面的炎症迫使她

獻身於誰……雪街一點點，
撒向蜀中山坡的靜止的女人。

……在冬天，她就是寒冷。

在公園裏

今天，如願以償，下午四點，
靠在中山公園的長椅上，我遁世般
睡了一覺。醒來若有所失。

不是從練習木蘭拳的女人
和踢球的孩子，而是從我
在草坪邊緣失蹤的間歇，

有一件東西匿跡了。孕婦的腹中
和飛越公園上空的飛機的嗡響中
越來越多間歇。

我曾經認為，天空就是銀行
會失去它的財富、風暴和空洞，
我，沒有什麼可供喪失。

我有過的在我看見時不屬於我，
在我說話時已經沒有
形狀和品質。

我知道蓬亂葬儀中哭泣的親人的服裝的

不是死者的呼吸，

和歉意。噢，不是。

1997年9月3日

北站

我感到我是一群人。
在老北站的天橋上，我身體裏
有人開始爭吵和議論，七嘴八舌。
我抽著煙，打量著火車站的廢墟，
我想叫喊，嗓子裏火辣辣的。

我感到我是一群人。
走在廢棄的鐵道上，踢著鐵軌的卷鏽，
哦，身體裏擁擠不堪，好像有人上車，
有人下車。一輛火車迎面開來，
另一輛從我的身體裏呼嘯而出。

我感到我是一群人。
我走進一個空曠的房間，翻過一排欄杆，
在昔日的剪票口，突然，我的身體裏
空蕩蕩的。哦，這個候車廳裏沒有旅客了，
站著和坐著的都是模糊的影子。

我感到我是一群人。
在附近的弄堂裏，在煙攤上，在公用電話旁，
他們像汗珠一樣出來。他們蹲著，跳著，

堵在我的前面。他們戴著手錶，穿著花格襯衣，
提著沉甸甸的箱子像是拿著氣球。

我感到我是一群人。
在面店吃面的時候他們就在我的面前
圍桌而坐。他們尖臉和方臉，哈哈大笑，他們有一點兒會計的
假正經。但是我餓極了。他們哼著舊電影的插曲，
跨入我的碗裏。

我感到我是一群人。
但是他們聚成了一堆恐懼。我上公車，
車就搖晃。進一個酒吧，裏面停電。我只好步行
去虹口，外灘，廣場，繞道回家。
我感到我的腳裏有另外一雙腳。

1997年6月10日

星期六晚上

匆匆進飯館，要了碗麵條。
兩分鐘吃完，顯得很忙，對地板上
蹲著的黑貓也沒有在意，它一直
巴結地叫著。小店裏就兩個人，
我和店家。他歪站在櫃檯邊
衝著滅蠅器直笑，半冷淡地
應付我的不耐煩，好像贊同
這個晚上的枯燥。他認真地找零時，
我感到有事情可做的確重要。

所以到了街上，買份晚報，
（沒新聞）車一停下，就上去了。
公共汽車的冷氣開得過分，
我猛地一抖，趕緊把背靠在椅子上。
車裏佈滿塑膠、木渣和油漆的
怪味。車上沒幾個人，下雨，
誰還要出門呢？如果不是回家，
不是一個不可靠的念頭驅使，
誰願意花四張車票，垂著腦袋，
幾乎睡著了穿過南京路呢？

一小時，一覺醒來，我趕緊
下車。「有點兒糟糕。」身後
一個人說。他專心於擦眼鏡
坐過了站。我回頭瞄了一眼，
公車搖搖晃晃，駛入雨絲
夜色和霓虹燈混合的昏暗中。
我知道，銀行門口的小夥子
就是我要見的人。他短頸，
矮個，自稱是個強盜，當然，
他已儘量地挖掘他的相貌。

我們在走進速食店之前
就把幾句話講完了。要了冷飲
靠窗坐下，我們談起相關的
幾個當事人。他們的痛苦
在幾個大學之間奔走。而且，
他們也習慣於輕鬆地嘲笑，
嘲笑自己的器官，迫不得已，
和各種計畫的無聊。過一會兒，
他又斜眼看看窗街，困難地
與他腦中的那些街市比較。

他順便提起他母親的葬禮，
很多親戚，很多鞭炮，很多
不認識的小孩，但很少時候
親人們圍著遺像交換悲哀。
他認為她的死結束了一場爭吵。
我終於沒有弄清是誰和誰，
決定把藥物放進麵包，她吃了
一個月，然後她最後地微笑。
我們恰當地沉默了一小會兒
看看已經把時間拖得夠長，
就站起來告別：「下次吧！」

　一到街上，他就消失了。
時間還不晚，回家前不妨
逛逛街。又是那個不可靠的
壞念頭，拽緊我。心兒直跳。
抽了支煙。甚至去電影院看了
節目表，片子好像都看過。一部
講鴉片，一部離婚，另一部
講我們中的一個戰勝了感情。

我十歲得到的答案現在依然
調侃我的疑問：我屬於我們。

因此，日子美好的標誌就是
散步、洗澡，使用人稱的
單數時慢吞吞地胡說八道。什麼
意思呢？幾條街，幾個樂隊，
演奏國歌和軍樂。商店敞開的
大門湧出一股冷氣。商店裏
兩個姑娘在挑選胸衣。此刻，
我想回家。否則在高架橋下，
跟著氣功師，就得學習用腳
抓背、打拳，反而用手走路。

職員們打著哈欠，提著電腦，
鑽進計程車；高低樓房的燈光
開始熄滅。從弄堂裏的酒吧
傳來爵士樂的喝彩聲。畢竟，
在這樣的睡覺的時刻這麼吵鬧，
似乎一周的生活終於到了高潮。
其實很快，車到站了。現在，

夜深但夜色灰白，不是漆黑。
回到學校，我甚至看見路邊
樹林裏，兩個孩子走著擁抱。

1997年6月4日

在徐家匯

1

我在細雨中蹓躂，一次
又一次橫穿馬路，來往
在電影廠和教堂之間。
被詢問的人都搖頭說：
「抱歉，不知道。」地圖上，
查找不到公園的圓點。

我一瘸一拐，繞著圈，
斜到雕像前，街燈亮了。
模糊而誇張，好像
揮動著笨重的鐵鏟。
看不清楚他的臉，在夜色
人流中，他還是那麼坦然？

2

他究竟想什麼，想幹什麼，
並不重要，危險的是現在，
我們衛生間裏的割草機，

父親打電話說最好這樣，
女兒堅持最小的事情必須
標誌宇宙的秩序，「必須，必須……

自然！」她買回家的水，
菜、調料和內衣，貼著
「綠色」標籤。她在陽臺
彎腰、放屁，笑嘻嘻地
捶爺爺的關節，
「你看下面，低級不低級？」

3

推著手推車，在超市
降低的價格的低潮裏，
我撞見徐光啟。
他從魚和貝類
抬起頭來，鬍子尖尖滴著水，
說他不是美國佬

越洋嫁接的變種。
「我，上班練氣功呢！」
老太太挑選帶魚，打斷
他的自白。等候找零，
我猛記起一份海外雜誌，
說我們吃的盡是污染。

4

我們的女兒是我們的謊言，
美麗而短暫，給我們留下
純潔的爭吵，血脈的悲哀。
你抱著德漢詞典
絕望在門框，笑著，
我們的生活遺漏了

又一個字。東方商廈
奏響它惟一的鋼琴曲，
我們漩渦著漏入地鐵。

列車寒氣乍停，我們
上車，我們，當然地
從我們的城市消失。

1997年10月29日於柏林

Pankow[1]

汽車碾著落葉停在環街另一端。
那裏幾幢房子待租，並立的花園裏
閃亮著電話號碼；旁邊，電車
哐當滑入深冬，鐵軌彎向郊區。

狗，拴在旗杆上。在輕響的
旗下，大使們曾經相互行禮。
接傳真，發照會，為遠方的祖國
而穿戴、講話、乾杯，而匆匆退席。

連垃圾桶都傾訴著變化，舊電腦也
無法啟動舊程式。黑塞街到墓地的
途中有個精神病人，唱歌拯救記憶。

而在文學館，所有聲音來自模仿。
某地、某時、某個微薄的叛逆者，
痛苦地呼籲，召喚著痛苦的情緒。

1997年11月25日

注釋

1. Pankow，柏林北部城區，原為東德使館區。

歌

正如我昨天所說的
———萊昂

呵，撲克牌的白天和夜晚！
呵，洗牌的手！
「我，」他說，「奔走
於兩個失望的女人之間，
林黛玉和碧姬‧巴鐸。」
他斜倚書架
抽煙，像洗手的走私犯；

五年前去美國定居，
現在懂得珍視過去，
他說，「我落後於時代二十年，
我保持這一距離。」

「我，」他說，「伺機
躍進。」「躍進？」
「一步十年，
越過考古和性病，
我將在那裏見到誰？」
沒有誰，沒有人在死後

游離腐爛的氣味；

博爾赫斯從恐龍的命運

救出虎群；

我倆笑起來；

樓下的孩子哭著；

「『我怒吼──』

詩中，為民牌火柴

點燃煤氣；我的工作

是和白居易爭奪讀者，

埋葬他詩集中的幾首，李白的幾首，

陸游厚厚的詩集中的幾十首，

我像厚顏無恥的殺人犯，

發展他們的缺點，

幹得相當出色。」

他說：「一行詩，

就是一聲古代的詛咒。」

「我，」他說，「罷工了，
我跟上時代的速度，甚至快一些，
但不跟上時代。」

他講漢語帶一點美國口音，
講英語又帶一點中國口音，
在加州，在北京，他都是有一點兒親切的外國人，
我承認，我被他迷住了。

舞臺

抹上厚厚的油彩的演員

精心地堆砌衣服，

危言聳聽的臺詞

和起哄的音樂，

復活一個毀滅的時代。

片斷、正式的禱告，

陽光蒞臨冬天的園囿，

黑亮的樹枝修剪如傘，

攀談使其羞怯的姑娘

列隊於明媚的餐室。

啊，偉大直到好處的王朝！

啊，偉大直到好處的演員！

把鄉村草場

不合時宜的樸素駁斥得體無完膚，

類似早市買的蘋果

經過挑選和討價。

這個惡劣劇本

惟一不足是敗陣的魔鬼不夠強大，

把闊太太情調放在滑梯
政治的愛情場面單向陡峭，

丈夫和妻子，這一對蠢貨，
最沒有資格批評婚姻。
他們選擇化妝品和辭藻
乏味到幼稚的程度，
裝腔作勢的作家倒是做到了不露痕跡。

破綻動人，很久以前，
比比皆是，供兩個人放肆。
研究偶然直到崇拜必然，
引起將來恐懼症和生活厭倦症，
給我的愛好提供了正當的理由。

傍晚，他們說

為自己保留少許浪漫

1

風拍打窗戶我跑下樓梯

拍打，撞擊，呵風！

清你的帳，夥計，

時候不早，我該走啦，末班車

該來了，呵，還在下雪！

雪花飄到服務臺來了！

手套好漂亮！不戴手套手指會凍壞脫掉。

一尺厚？沒有。八寸厚吧。

可這是咱們的溫暖的南方

我聞到了往日的芬芳，這麼冷冽，

飄蕩在大街和樹木光禿禿的枝幹。

紅漆斑駁的鋼鐵牌坊，

　　　我聽到

骨頭彎曲就要折斷的隱響，

　　　我希望

蒼白的容顏隱忍著青春的骨髓炎，

樹幹、鋼筋和骨頭在道德的爐膛

發燒，燃燒，融化，流淌。
高窗和白鋁捲簾門嚴實
關閉。桌面印刷系統正忙碌，
鍵盤喘息，大樓共鳴，空氣顫動，
雪花旋轉著落下，帶著餘音。
十字路口紅綠燈無聲地變換。
沒有一個小孩穿著鮮豔的衣服玩雪仗。
我痛恨下雪天小孩們躲藏得無影無蹤！
我譴責電子遊戲機和電視系列動畫片！
長途汽車開來了，雲絮提起頂篷，
車門輕快地吱嘎一聲，
我擠進黑壓壓的農民中間，
這些無知，這些讚歎，
這些親切，這些口臭。

2

透過長安街初春的芽苞，
你們看見了前程，
而我，看見螞蟻，
沿著裂縫從街面爬往牆角，

它們的腿，上足的發條徐徐鬆開。

我翻開石頭，

我看見，其實，

我翻開每一本書，

每一頁都爬著蝨子。

血鼓鼓的。

我深深地愛上了這一行。

你們搬運，而我在獻身。

我去到陰沉的英國，

不，不是他們為我獻身──

我天天需要告別，由外省人

變為外國人，時鐘

倒撥又順撥。

3

月光搖晃大地

樹葉雕刻大地

我走過的大地

我返身回到歷史掩蓋的河源。

在古河的淺灘

迎接黎明的初綻。

我的小腿發亮。

我不騎語言的烈馬，

那會閃了腰，

而且有些無聊。

無聊的英勇和自殺

導致一連串的固執。

我忙碌地沉思，

在這片夠大的大陸的首都，

煤氣漫出房間的窗戶。

我像隻漆黑的海鷗，

悶得要死。

於是，來到悶壞的他們中間，

我叨嚷過他們的名字，

現在，卻記不起來了，

一些來自義大利，

一些來自四川。

我懷疑過你們，

為你們煮麵和皺眉。

我出去亂轉在毛澤東畫像下面掉頭。

我想起一個丟失，好像亞瑟王
訪問牡丹盛開的洛陽。
既然錯誤，就不怕誤解。

4

我是不走運的歌手
所有室內的花朵
和女孩催我歌唱
催我從冬天去到春天
歌唱化雪時雪的光芒
看看這幅窗簾
看看這只沙發
看看這成噸的寂寞
看看這燒紅的唱針
看看這淡於交際的妻子
看看她，看看她長長的指甲

我容忍了她不容於人的一切
鬆弛的腹部

過剩的精力

抓住機會的不掩飾

我容忍了她的請教和抒情詩

還有什麼光顧這座城市

展開權力的翅膀

還有什麼轟炸我不能承受

既然他們嘲笑人流中的隱士

我唱到春天

我唱到花瓶

我唱到襲擊三月的憂傷

我唱到狗嘴

我唱到比狗嘴迫切的死亡

5

話被前輩說完

我不過是抄寫

我把鑽石的光

少女的激素

巨鳥和小植物的陰莖

搬進詩，這都是撒謊。

我不是福斯塔夫，

我精緻的個頭窩藏不下一個福斯塔夫。

我坐在桌前失望地讀信，

他們稱讚我

乳頭露出羞澀。

為何不稱讚海燕

收緊她的陰毛，

火烈鳥關閉她的陰道？

噢，這些個影印機

已不能停止──

我開著推土機衝向劉芳的處女膜，

我開著筆戳向白紙。

6

預言一再改版

等待的姿勢更加舒適

火車把溫情

運到上海

手臂越看越不長

身體不美

盛夏的散漫

射擊不中一個流浪漢

　　膽怯地推門

或從遠方

　　　來信把我解體

我像喘息的青蛙

等待池塘蓄水

7

謙恭是傲慢的一種

死去的詩人留下了空位

活著的領袖給予了讚揚

從陰間到丹麥

從重慶到貴陽

青年詩人孜孜不倦地從事模仿

怎麼不呢？

我喜歡這樣，

孩子們穿上我的衣服

衝進從來沒有的戰場。

他們的前額多麼明淨！

他們的頸項多麼白細！

他們的嗓音多麼洪亮！

我戀愛他們

我瞧不起他們

陰謀他們一併模仿，

錢呢，照鏡子呢

無精打彩呢，頹唐呢

名呢，尖叫著衰老呢

我從不膩煩

高音喇叭的滿腹怨氣

我從不嫌棄犧牲，青春的犧牲品啊

早晨把晨光

傳到我心底

精神向生活求愛呀

　　我為這件襯衣付出昂貴的代價

　　天文臺孤獨地屹立在紫金山上

政權，政權到哪去了？

8

讓先輩復活，長住

人世，讓往事

愛人和愛情

呻吟和歎息，

讓紅專街變成一行彆扭的鉛字，

讓雨夾雪繼續拍打肩膀，

讓腰挺直，

多麼沒有意義！

然而我這樣做著，

就像松花江流著，

似乎沒有盡頭。

9

從陽臺透過雙層玻璃望外看去

街道、房屋和樹

像電影裏的佈景

罩上了空氣，一層霧

人們匆匆走著直到消失

黃昏空氣轉暗

電影結束

別的，謝天謝地，我說不出

10

我穿過客廳用了三十六年

剛剛走到一半，剩下的一半

交給未來的妻子，

她哈口氣把我吹到盡頭，

吹到簇新已久的臥室裏。

人間歡樂最終在臥室裏。

我還沒見到那間臥室，

繡花枕頭和梳粧檯，

我不清楚她和她

誰是未來的妻子，

也許她們倆都不是，

看起來她倆都像是。

是她，將帶來一部訣別了的關係的歷史。

是她，將帶來一部厭倦了的成長的歷史。

也許一個旁觀者睜大一雙當事人的眼睛，

打量著我。

她的臉頰蒼白，心跳如震。

也許未來的妻子就是現在的妻子。

也許我們真的離婚，

最後一刻她惡作劇把我推進臥室。

恐怖而又開始。

她在和我結婚之前已是我的前妻，

在和我離婚之後又是我的未婚妻。

她用什麼賭注

穩贏了我的一生？

我已征服了

文字的廢墟，

我掌握了荒涼。

11

我的全部生活已堆成詩，

它們沉悶而又猥褻，但閃著亮光，

易開罐在垃圾堆裏那樣有機地閃光。

我無法想像在綢緞

和黃金中間一邊走一邊說下流話，

美麗的女人詫異地展開她的美麗，

為了我的眼睛和嘴巴。

迄今我沒見過珠寶和它的奇光，

沒見過大海和它的波浪，

我見過陽光中繽紛的玻璃碴，

和池塘中的泡沫，

據此寫出帶電的鑽石，

和大海中無邊的浪花。

更多時候茫茫的苦難

把它們老娼婦的萎縮的手伸進書房

向我揮舞，

向我噴射舒服的麻醉劑，

而我更喜歡自我注射。

得到過的，也要給出。

你們這些福星高照的闊佬和可憐蟲，

享樂吧，為我留出空檔吧，

我抒情你們！我吹噓你們！

我有一個小小的心願，

把這間書房獻給一行詩，

把我的生命獻給一個人。

興許是一個比易開罐的閃光更迷人的女人，

興許是一個走投無路的男神。

但在腸鳴音的轟響中

我習慣了孤立無援。

啤酒像野草

被春風颳遍

立交橋下，足球場上，床頭櫃上，

妻子手上，牆上，所有地方。

簡陋易開罐

我們易開罐

美麗易開罐

易開罐閃光我噴發

易開罐夜晚我寫一首詩

凡是美妙的沉重，

我的舌頭彈不出。

12

匆忙的人，

呆頭呆腦的人，

你們，我厭惡！

夜晚，睡覺，

公式，緊張，我厭惡！

寫詩吧，

我舉起凱撒的利劍劈乒乓球！

13

……嚥下這些玫瑰的肉

和練氣功走火的所謂靈魂。

它們出錯、病倒和咆哮，

折疊紙花，不規則的花瓣在

流產手術之後增加難聽的碎音。

今晚，猩紅的絲絨帷幕拉開，

她的紐子將要扣上。

一邊是霜淇淋融化，

一邊是神通實驗：去另一個世界。

1990

傳奇詩

戴鐐銬的勞動

——布勒東

1

他們一行的饑餓說明了命運，
此時此刻，我聽從命運的安排。
陽光撒下燃燒的細鐵絲冷酷地
電擊嵯峨的山嶺，樹木迅速枯萎，
河溝流淌火焰，他們的肌肉正在枯乾。
孫悟空用金箍棒在地上畫出
一個圓圈，圈住夥伴，隨即飛起
前往百里之外尋找糧食和水。
和尚們不耐煩地坐在圓圈裏，
抱怨；他們骨骼沉重，瞳孔中
陰影擴散。唐僧將消化，而我的肉體
將得到觸覺和生機，他嫵媚的氨基酸
將重構我角化的細胞鏈，讓它們
採用登山運動員的肺呼吸！
變化吧，變成一個美貌少女，
去迷惑唐僧的判斷力，在險惡的

山腰，在饕餮之徒豬八戒殷勤的
慈惠下，他對他人的善意讓他
變成我──將吃掉他──手中的木偶。
先殺醜陋的豬八戒和沙僧（他們
做過整容手術之後或可食用），
「長老們，這些肉湯和飯
（其實是一罐蠕動著的白色的蛆）
我翻山越嶺去送，你們餓了，
就給你們吃，走出圓圈來吃吧！」

降低標準，突然理解了豬八戒的座右銘：
追求眼前的快樂。飽食和縱慾，
吃盡苦頭從不後悔，
不為聲名犧牲酒色。
不妄想長壽和超越生命，
一門心思品嚐唐僧肉的白嫩；
一勞永逸地解決宇宙法則混合著
美味和死亡的矛盾的起因。
但我的嘴巴嚴肅，吞併一個個個體，
把他們可憐的生命轉送指尖頭髮隨便
一個角落一個細胞一個秘密的信箱。

幸運而美好的死者殘忍地謀害了勝利者，
他們不會感謝意外的結局：
精神領域似乎已死掉最後幾株生物，
慾望的平原上毒草龐大到高入雲層。

倒楣的猴子遲一步返回就將
回到花果山做猴王，與人類總統
和海中龍王平等地試驗他的思想，
與他們交流來自明亮的星星的感傷。
不祥的預兆不是一人、而是共同的
緊箍咒，把寒冷的空氣強行壓入
癱瘓的心臟；危機令人振奮，
每一時刻最大限度地活
在天堂的高度和地獄的深度。
但他只是有著石頭母親的猴子，
陷於動物對反常指示的壓力的迷惘。
他信奉的倫理學轉動著光潔的齒輪，
傳輸他到歡樂地表彰屠戮野獸的錄影帶上。
被制度馴服的叛逆者充當制度的打手，
猴子，打不過你我可以溜走，
破壞我的計畫你得受到懲罰，

疼痛告訴你忠誠的分量。

代表蓊鬱的自然界的幽靈們

耐心而不可遏止的入世信念，我的變化的鋒芒──

這是一個邏輯的步驟，

它讓我的牙齒儘快地觸及唐僧肉。

2

裂縫把階級意識安插在他們的情感中。

他走到他的價值觀的對立面，

他的愛憎和他自稱從煉丹爐中挖掘出來的

洞察力比邪惡的天性更加野蠻；

他看見了他需要看見的，為之

作出存在主義充滿恐懼的解釋；

他殺人成癮，在筆直滑向深淵的

滑梯上炫耀他的火眼來寬恕自我；

唐僧憐憫地把他劃入魔鬼，

以其偷吃過的天堂水果的數目作佐證，

以蓄謀吃他的妖精的騙術作佐證，

孫悟空跪下申辯，作揖，隨後

痛哭哀求直到唐僧仁慈地解除咒語

准許他繼續戴罪效力，

世界恢復了微笑的冷漠。

途經乾燥的甘肅，枯竭的新疆，

茫茫的巴基斯坦，越過沙漠和高原，

橫穿風俗怪誕的許多袖珍國家

去印度，四個人一匹馬，遠著哪！

唐僧警告孫悟空把武器藏在耳中，

敬重生靈：蟲豸、飛禽和草木。

他們掉進黨派的循環報應的圈套，

與我策略中的環節吻合。

開始玩！同一輪太陽

從天中央西移二尺（燒烤

地球這只鐵鍋，鍋底是月亮，在夜裏）。

他們一行仍然饑渴，頭昏眼花，

孫悟空摘來的水果奇怪地忘在一旁；

一股風吹來山谷裏泛起淡淡涼意。

我向他們索要一個前我（她將很快

蹤影全無：偽造得多麼美的一具屍體！）

「長老們，請替人世主持正義，

她死了我們老人還有什麼希望？

她純潔、天真、輕信、善良……」

沒有例外，沙僧憂傷有著特殊的安逸，

主要的失望是旁觀的苦惱，

沒有一個機會、沒有一個話題可以抓住，

好像配角成功地引退。

白馬講話提示解決危機的方案，

沙僧發言嘟嘟囔囔沒有人聽清。

他是沉悶的個人主義者嗎？

讓他孤獨而自滿地沉思吧，

儘管時代賦予他粗糙的外表，

讓他像高傲的知識份子沉默著死去。

主動地、胡思亂想地、玫瑰色地

在理所當然的位置的挾持下

在唾液的規則的雅座，

無聲地嚥下工作午餐。

你瞧，完成了中產階級由津津樂道（豬八戒）

到消極寡味（沙僧）的螺旋形，

道德如同玩笑

閃回歷史的黑暗。

我佩服你的火眼，猴頭，

透過虛偽的軀殼窺見危險的本質

我的匕首以越王的低速靠近唐僧

詛咒強大的消化系統吧

「未來的永恆」喜悅地等候著

所有的旋轉減速停止等候新人

你阻止這場遊戲阻止我的成仁

你拒絕花時間單純地，在旁邊，與死亡調情

你阻止我品嚐我的蟠桃

你害怕你的少年氣概嗎？

那向鬼神挑戰的江湖革命原則

和垮掉作風崩潰了

你還是那麼信任你的武藝

從前你迎戰的敵人指揮你征戰從前的朋友

你頭在箍裏頭腦箍死在頭腦裏

你的武藝找到屍體你的火眼

追隨唐僧假模假式，

出席列國的宴會遍飲美酒

你嚐到甜頭啦（宋江沒有嚐到），

唐僧半推半就庇護你（婊子行為）

你探路，高山和紙條重壓下

你前往的世界不出自選擇

當自由寬恕你你已淪為自由的奴隸

在箍緊的教室裏複習和考試

你政治盲視眺望不到世界的不現實

岩石地球空虛和言語壓在你的上眼皮

為了你們可疑的平安你放棄遊戲的快感

留下遊戲的公式（和痛苦）

墮入族長制宗法審判的旋渦

被驅逐到行規和快樂交接的圈線之外

你的聰明增加你的獸毛

你將被短暫的成功長久地拋棄

3

　　唐僧再次寬恕孫悟空殺人的罪過，他看不出老婦
的屍體是一具假屍，他被孫悟空的眼淚再次打動。
當然，他考慮到旅途艱辛，失去孫悟空不知疲倦的
操勞，到達印度不過是做夢。豬八戒和沙僧適合在
農村和礦山安家落戶，白馬適合在宮廷閑著，而他

適合在長安的皇家廟堂講經論法，主持祭祀儀式。
惟獨孫悟空屢次遊玩，既有流浪漢的餓功，又有長
途跋涉和尋師問道的經驗，能夠應付人類和自然界
的各種意外，護送他去西天取回真經。因此，他停
誦咒語，允許孫悟空戴罪立功。他沒想到眼下他參
加著一場仍在進行的遊戲，他的遠慮可以解近憂。
不過幾分鐘，孫悟空又揮棒打死老叟，即剛剛丟命
的老婦和少女。這次，孫悟空喝令泥巴變成鐵，使
他無從逃竄，真正打死了她——歷盡滄桑輪迴、好
不容易修煉成形的妖婦。她蒸餾了，用她的慾望和
毅力攝納了歲月的精髓。孫悟空消滅了她和她的永
生意志，摧毀了她的輪迴，把她還原為一堆枯萎的
白骨。

4

　　她倒下了，在她的變化的限度裏，在限度的圈
套縮小著的許可裏。變化瓦解了肉體，肉體的藍
圖：肉體只是幻影，原來沒有。藍圖是夢中夢，
虛幻上的虛幻，而她是骷髏中的骷髏。孫悟空的審
判：從歲月的動盪閃回山凹的靜止。

　　孫悟空很快忘記了這場袖珍戰役，雖然為此他戴
上緊箍，被趕回花果山。他清楚他騰挪在柵欄中，
他的服從就是他的解脫。他的機智和警惕匹配他的
頭痛，唐僧的需要就是他的本分。他活著，至今保
持忠於師父的前衛形象。他像一臺殺妖機器，正義
而幽默，有時父母也玩一會的變形金剛，一本正經
地展示七十二種變化，當然的孩子們的偶像。

　　唐僧不是活用鼻子的一個同性戀，哭哭啼啼地支
使幾個光棍；他不開馬背妓院，不贊成一妻多夫。
他從不流露欲念，卻通過扭捏激發醜陋的徒弟們的
服務熱情。他也忘記了白骨精的死亡，為取經，為
徹底貫徹禁欲戒律。

　　不說沙僧。多情的豬八戒呢，當唐僧暫時停止追
求最高法力，他把清規的縫隙拓寬幾釐米。他長舌
叨嘮，直到與唐僧的立場和孫悟空的武藝達成走、
殺、吃三邊妥協，他忘得更快，由於遺忘好像反而
標記了什麼。

噢，後來，他們到達了印度。

****

而我們所承擔的奇蹟

中止在緊箍的閃爍。

我們把它的鬆懈和勒索

分解為交歡及其痛苦。

我們找到起因，

理解它的汗水，

它的探照燈的輻射。

我們渴望更多

聒噪、鬧哄哄、尖叫，

到處是重壓過的老人的面龐，

學生貪婪地成長，夫婦爭吵，

……然而，沉默說出了一切。

然而沉默什麼、什麼也沒說出，

只是沉默。沒有聲音，沒有內容。

唐僧念咒的嘴裏沒有咒語。

從緊箍漏下的

存在的沙，白色

而吹走。唐僧的咒語，
頂多是師父的冷笑。

1991年

一、張團長的第一個問題

紀念一個雜技團的解散，1984

他終於看見：「她開手提包時，
我看見裏面有一把折疊尺。」

「更有甚於彎腰銜花的是我們
雜技團的團長，在雞蛋上原地跑，

又命令我們把花吃掉。」晚了一點，
她還是開始為腰找藥，並和他

交換醫生和處方。「阿斯匹林，
永遠是阿斯匹林。中藥呢，老是當歸

和三七。」她吃了多少花，而他
吃了多少柔術演員，他告訴她

是藥物幫助他消化權力的肥肉，
但她又是如何消化自己的骨頭，

「每當你翻身躍上椅子上的椅子，
我都擔心我們對腰的理解錯了。」

當然，錯誤而又可信的東西很多。
演空中飛人時他信賴下面的保護網，

「但是，他飛得太遠了。」她笑著，
他卻板著臉。「她開手提包時，

我看見，包裏面有一把折疊尺。」
醫生的鎮靜劑確認了他的發現；

他入睡，但見折疊尺飛來，一會兒，
驚喜地察覺自己就是那把折疊尺，

半拉直，摟著她親個嘴，又疊起來。
在他醒來前她用退休金買下保險，

並簽上他的名字。她相信團長的骨頭，
因風而痛確實是因為羨慕好「風骨」。

這是1984年，他40歲，領導全團
集體退休，吃血藥。她納悶的是：

他越來越懷疑她過去的表演（而當時，
帶給他多少性幻想），他糾正過的

那些功夫似乎也有假。「我們真的
按我們的需要改變了你的骨頭……

為什麼你手提包裏有把折疊尺呢？」
她回答說：「我切肉呢，無法回答。」

二、警察的第二個問題

誰為那些騷擾電話向立法老師道歉

1996～1997

他們穿制服，叼著煙，在我家樓下
第一個問題給我的朋友：「為什麼晚上

不帶身分證？」朋友們剛才很幽默，
現在卻不說「嗨，沒有準備見警察。」

第二個問題藏在一個警告裏：「現在，
過了熄燈時間。」這等於說女老師，

在亮處做了黑暗中的事情，應該回到
學生的座位上去背時間表，也不妨

趴在課桌上睡覺。我的法律受到審判，
藝術家和他們的假耳旁聽了小玩笑，

疾回他們的酒吧。丈夫和我挽手上樓，

我早已習慣在這種玩笑的冷控制中

說著低級笑話上樓梯。樓下鄰居來
我家門口看風景，又進屋看我們玩牌，

但我們不認識他呀！我檢查過過道上
我們的簡易廚房：醋和醬油裏沒下毒。

我拆開冰箱、空調、衣櫥，它們不是
巨大的答錄機。電話徹夜響，沒人

向我們說話；我相信不說話的是我倆的
不同的情故；他相信如此自我美化

對我倆私生活有利。我坐在沙發上
有站在拳擊臺上的感覺，他在床上

有在牲口市場上的感覺；我們知道
挨打和被拍賣的困厄緊密著我們的感情，

因此我們盼望我們構思好的好日子
不要降臨……為使我們恐懼而又幸福，

……為使我們同時擁有牛奶和藍墨水。
……我們比我們鄰居多出一倍家務：

清除藍墨水的污染。我向一個虛構的
公司付費，他們像洗衣店一樣回答我，

我的身子一股肥皂味。我們不裸體
就被雙倍肥皂味包裹，而我們不倒下

就被雙倍帳單拎起來；電話徹夜響，
沒人向我們說話；我們為我們沒打的

那些電話付費時有解脫感：此時此刻，
我們沒有見到警察和他們的煙頭。

因為我家熄燈了。我邊調電視邊問，
「……你當真把藍墨水倒進牛奶裏了？」

他邊理床邊說：「……當然，沒有。
本想忘掉他們，卻一整夜琢磨著

他們的善意：睡覺！好像得了失眠症
……關了電視睡覺，好嗎？」……

三、小學生的決心

「……未來是我們的。」

1964

老師講什麼學生聽不懂，大概是附近
有一支穿白衣的軍隊，騎在硬幣上。

有些學生看見敵人的戰車越過刀背山，
亮閃閃的車輪捲起水、石塊、黑煙。

但這一次他聽懂了：踩著同學屍體
背著炸藥包登山，不能用聲音志哀。

白軍騎著硬幣呢！而下一位女飛毛腿，
沒有男生能追上，她接旗時往上飄

而他下山有拒絕她的快感；她挺胸
立在山頂的時間最長，好像期待什麼；

而同學的笑聲慢吞吞合圍像是調戲。
年幼即嚴肅：校長一掉頭就變壞了，

老師演《收租院》，那就讓檔案吃
一場黑色遊戲的紅屎。瞧落伍同學

矮而彎腰撿鞋，如同畫在這場戰爭的
中途的句號。他背著編號，抬頭望──

女同學變成了菩薩，聳立在那裏──
多麼迅速，多麼完美，像個老伴兒。

就這樣，等著登山的孩子們第一次
在操場上撒尿，倒好像嬉皮笑臉地

反駁一夫一妻制。整四十幾個誤會
將在幾年後發現，矮同學的近視眼

為一種不實際的光榮所誘導：一躍
而到山頂，唱，而且兩首歌一起唱。

……他的形象和突然消失在樹叢裏。
幾年後，同樣的急轉彎的同樣的戰士

用犧牲來紀念他們的悲傷，驕傲地
垂下幼小的生殖器，這場遊戲才到了

山尾。於是上攀如同下坡，而下山
如同滾球，女生在山下挑選戰利品，

而男生，當然啦，一個男生起碼是
另一個男生的恥辱。回到一個站位上，

所有（所有的）戰利品幾乎都睡著了，
報數聲就是他們熟睡的轟響的呼嚕啊，

站著睡覺就是戰士的本色啊。由站著
睡覺到躺著睡是人生彎曲的惟一的

獎賞嗎？在填表時，孩子們戴著袖套，
不會突然醒來？他們的細腰已不彎，

而且他們能夠代母親或父親領工資。
而且在公宴上用左手舉杯。輕聲祝酒

藏有口號的怒火，那麼輕柔，像一個
忘不了的謎語：「敵人騎在硬幣上」。

1998年5月，上海──柏林

菩提樹下

偏是春風多狡獪，

亂吹亂落亂沾泥。

——金農《三絕冊》

1

就像在詩裏，雨及時地

下起來，但不像在詩裏那麼小，

而是驟然很大帶著暴力。我快步過街，

捲入菩提樹下，長長的大街。

滴水（喜悅！）脫出了高寒，

奪眶而出。中學生們的轟炸，

在模糊中如此纖柔。我沒有想到，

又一塊淤血卡在勃蘭登堡門，

又一塊中國的膏藥在肉林中。

2

很久，從上月三十號以來，

安於靜寂期待這人流（噢人流）的

洪峰。這期間庭樹為內室

分泌了司睡的綠色冥王，
和一位陰陽頭的女娃。誰來，
她液體的手嗍就給誰全身
抹香皂，當好心情的瑞士人
來報告長江下游的洪水（和今後），
在空空之家，她把傘收攏。

3

又說又喊，但沒有人聽見；
閉著嘴，卻發出了所有聲音。
口哨聲，尖叫聲，罵聲。哀求和讚美，
和毫無意義的嘟噥，和警笛，
……在雷聲的洽接中多麼和諧。
從菩提樹下到六月十七日大街，
被砌在活動牆中，看得見孩子們的
影子孩子在半空中跳嘞，小父母們
在阿德隆飯店前面連夜分娩。

4

我坐在窗臺就意味著

女慧能給我當頭一棒。十六年前，

我到處尋求指點。為未來，

我們練習過靜止，曙光和我，

他告訴我，我沒有告訴他。

我逃家，最終繡製了一個新家。

冰箱裏還藏了經卷。我們爭吵

確認凡事都錯了。我們巴望著

一朵奇花，酬謝我們的一切怕。

5

他們在卡車上他們的身子蓋掉了

國會大廈未完工的新圓頂。

女生中她最甜：趕在離別之前，

趕在離別之前，趕在別人之前。

我甚至在鑼聲和鼓聲中聽到

她的臍圈輕響。我甚至聽到

那個沒有名字的人跑步而來，

也許是小夥子，也許身紋刀劍，也許酸溜溜，
也許是易於消化的什麼趕在了前面。

6

我在窗臺上等到今早晨，
暴雨邁著閃電的步伐，雷霆的腳步聲
夾雜著長江的決堤聲。我想住的小廟，
泥漿中一個泡影。我到門廳，
找雨衣找不到，我把自行車
扛進地下室，洪水跟著進來。
一個農村孩子多像我喲，站在
報紙（九江的一個山頭）上，
望著突然的汪洋，那麼迷茫……

7

一個、二個、三個警察，
脫衣服了。孩子們蹲下來，
狂風為暴雨助陣。器官硬梆梆
在喇叭上敲、敲，音樂滴下

滴滴血。十二三歲的音樂，

一二點鐘的血。三四個厭惡種下的

青春痘。戴一對牛角吧，

戴一撮金色的小鬍子吧，

我的朋友來了，他揣著北京的小道消息。

8

不是在北京，而是在四川

一塊向陽的坡地，在浙江

一條斷裂的湖堤，我從我們的談話中

逃到江西，離小鎮兩三里遠的

一個院落裏。鄱陽湖的血吸蟲

趕我到徽南，遠離陶公和慧遠的

廬山的雲。一位女士把我連人帶屋，

丟進醃著九龍山核電站的海腥味。

現在，房子放哪裏好？

9

在軸心街狂歡，又缺乏
北京式痛苦，可以向前
到女神像（啤酒和身子狠狠地
砸下去，像是普法戰爭重新打），可以向後
回菩提樹下，找一家咖啡館。
依然雨夾雷聲，依然卡在赤裸的屁股間，
回頭畢竟快，感覺上更快。
一喝咖啡大街就靜得像一根女式皮帶，
沒有那麼多人淋著雨像是求愛。

10

哦，我們的計畫散發著清香。
你到廚房裏來，你坐，我泡茶。
比較的雷同，而不同才是目的；
而墓地，我們的這些反抗，了無意義。
切萵苣絲我們所憂心的，游泳我們裸體
所差怯的：了無意義。我畫房子，
我許諾給我的少於我畫一個乞兒，

我聽審判獲得的罪孽感，

少於我聽安慰。而罪孽感有增無已⋯⋯。

1998年8月7日於柏林

八月五日

梨子、李子，兀自落著，
鼓風機吹來超市的冷凍食品，
卻有人抱著一個詞兒午睡。
不為暗號，園子開了，孔雀來了，
草叢裏的果核忽然間裂開。
肥碩中的辛辣是消息準確
捲曲成湍急。開屏的是
幼安君啊，吐出英雄的舌頭。
啊，夏天還敞開著胸衣，
在計程車駛過傍晚的田野之後，
受傷的脖子塗碘酒之後，
「幸福」依依絕別「風暴」之後。

長窗下

八月十日

Auch wir hier, im Leeren，我曉得，

可我想逃走。只有果子

和雨點滴下。花和草，和這些磁帶

呼嘯在蠟燭的四周。自然，

是聽、看，而且接下去。一些什麼

笑著出現。不夠，不夠。

時間貞節地靠近午夜，只為了數字，

拿它們風的尖腳踢露珠。

關掉半邊窗戶，動的似乎就半臥下。

（多少彩旗東拉，西扯。）

關掉另一半，也沒有什麼坐起來。

眨眼間，好像很久，原來，

在這裏。原來，已經從這裏逃遁了。

註：牧騏送我來Wewelsfleth，他別去時，第二千個夏

　　天轉涼了。

一場小雨

幾十頭牛在場線邊，
靜靜地長肉。馬頭伸進
棚子嚼「草」的第二個字母。
兩年來，她一遍遍研究報紙上的
人造羊，終於迷惑不解。
早晨七點，幾個工人開來吊車
叼陷在地下的農機。
又叼瓦補牆。街，
在修補。垃圾桶裏，
新款義大利皮鞋的後幫和尖頭
大睜著東莞女工的通紅的眼睛。
狗甩耳朵。這裏那裏砰地關窗。
上山去修道院的抽F6牌香煙，
下山取信的，止步。

2000年2月10日 於Röderhof

小火車上的兩個老婦人

這一場雨奇怪，
帶點兒月經的味道。老這樣兒怎麼辦呢，
我右邊屁股有點兒歪，右腿也有點兒歪，
不說走和站，就是坐和躺，也十分困難。

可是不難堪呢！
左腿行，左屁股行，東西剩下一半好的，
操，夠了！你我看見的，哪一樣沒爛掉，
哪怕縫內褲的邊境線，縫嘴巴的法律線。

萬事已經夠壞，
每一年的這一場雨，總是，來強姦夜晚；
今年，在忍耐以外，舌頭已經翹不起來。
有一個遠親說來看看，也只是一句遺言。

骨頭和塑膠，
配合一直不好罷了；我們還有一點時間，
試試看；在那條小河造成兩個國家以前，
一次洗澡，你說，捉魚無非是等魚睡覺。

　　　　　　　每一個小站，
都停；很像退休女郎加班。她們邊爭吵，
邊收拾提包。答非所問，多少有些巧妙。
四手相牽，彷彿過時的禁區會遭受侵犯。

　　　　　　　真是春雨瀟瀟，
坐車像突破呢，沒完沒了。處處能摸到
樹木的瘙癢。兩人直坐到終點，似乎是
平衡新樣式：處處裂口滴瀝綠色的卵子。

　　　　2000年3月至8月，Röderhof-Wewelsfleth

一覺醒來

這是怎樣的早晨，一想就雨停日出。
她的浴衣掉在地上，她遞來的紅茶
忽而是咖啡，忽而是橘子汁，一想就是井水。
窗外，呵，沒有房屋，沒有城市，
遠山一想就高聳，再一想就不在了。
我們誰吹響了哨子，四面八方散向
四面八方；她提著的水壺還在外溢。
屋子裏喲，塑膠花長粗了，畫中雞
下蛋了，而一想全自然，一一如喜。
心裏的，迷惑呢？語言呢？一點呢？

2000年9月

一一二一年，南京

請留步！再嚐一口這痛苦，
　最後一口，是拖欠到最後的報酬。
瞧，我的高胸就是慕你的石榴，
　極端想你的指頭和舌頭。

這個熱冬歡蹦亂跳：樓左河裏的醋，
　不結冰，樓右河裏的醬油，
也不。通宵達旦的雪，激進的沙塵，
　把萬端空反叛在枯燥中。

………………………………

　………………………………

瞧這左邊的石榴盈盈的含著抱怨，
　這右邊的洋溢著乖巧的憤怒。

2001年2月6日於Soltau

三怕

一怕，在地鐵中碰見那個枯人，
她的皮——柏林人曉得——皺在幾顆針上面。
我怕碰見，但祝她長壽，她醜得威嚴——她討錢
像良心審判，也許她替一個高級法院
搞外調吧——案情一下子刺破了眼睛。
我的眼鏡強壓我的鼻子，嗅她風騷的詭辯。

誰不愚蠢於殘缺養成的豐滿呢，
哪怕僅僅是淒涼——一馬克
有一個理由，五十有五十分尼的內疚。
可怕，這是我的第二怕，我怕人人
跟我胡扯中國，我至今沒有找到呢。
應該是無窮的分享，不是憐憫的對象。

最後，我怕從此吃素。我是酒肉之徒，
被削價削破了膽。還有不明白的嗎，
和牛通瘋大約是上頭的最後一勸。
不吃不喝多活一年，不如蠟肉看一看，

就像用火機滅火，冒著風險抽煙，

誰愛喝風，就去動物花園開放喉嚨吧。

2001年1月6日

東西

昨夜不尋常，勃蘭登堡門朝東邁了一步。
早報刊登照片，有顏色的塑膠布裹著，
沒有說裏面粗繩子綁著，粗釘子釘著，
只說它已污穢發黑，需要洗澡和著色。

記者和警察沒有留意的自然是沒捆綁，
沒固定下來的樓房，樓房穿了長褲子。
汽車，勺子，郵票啦，噢，不說了吧，
爭辯像健身，沒意思：忙減肥增了胖。

在艾因斯坦咖啡館端和喝咖啡的名士，
免不了東看西看：俄國人的舌頭忍著
普希金忍了的韻，波蘭人討一個好價
為一夜蕭邦的嗚咽。土耳其的小夥子，

在德國舒適的下水道裏游泳，還不錯，
看見，主要是聽見，西來路上的汗水。
高科技缺少印度味，孩子的哭泣缺少
德國味，同情就像度假的開銷一樣多。

歷來東方人苦日長，西方人苦夜長──
筷子歡喜一個概念，餐刀絕望一塊幻象。

2001年1月14日

安靜，安靜

1

不一樣呢！狗練習著狗叫。
小村子只講一句英語，
Sorry, I don't understand it.
我被恐嚇著，開始跑。

水塘正是眼中的水塘，
枯乾了；柵欄、柵欄、
柵欄，已被櫻花砸爛。
雀雀兒在樹枝和地上，

競相指點，吵吵鬧鬧。
封閉的捅破，門窗打開。
一個親戚送一切進來。

很多迷惑去而又來也。
此季節修好了此樓梯，
你是我的親戚，慢一些。

2

眼下這所房子是安全的。
它的昂貴價格迫使它賣不出去。
只有一人知道它空室以待，
是為一個老少年否定哭泣。

他並不欣賞二十公里以外
湛藍的湖水所掀動的理論，
讓自己停下來，一下子停下來，
物群就興奮，就撲過來。

他終於可以大喊大叫，終於可以
兩隻腳上同一座樓梯，兩隻眼睛
看同一個花瓶上的少女。

橫在草坪邊的山脈
果然雕琢了一園錦繡，
果然寒冬劃一了兩個世界。

3

自暖氣片、吊燈、桌面
自破得不能使用的字典
自縹緲圖像滑翔而過的
攤開的白紙

灰光的安寧灌進我的背脊。
自盥洗室、偏燙的洗澡水
自寬床、方枕、薄被
自睡眠泛出的獨身的甜意

漆黑的安全感漲滿我的腳趾。
我不再需要我腦側的排風扇
抵制你的痛苦。

我不再嚷嚷和嘀咕。
既不享受拒絕之硬，
也不享受逃避之軟。

4

樓裏早就空無一物。
我睡一覺，猝倒、消失了的
就醒轉來。黑白兩色皮球
癱在牆角。我找到氣槍。我打氣。我踢。

小足球翻騰黑白色
摩擦初春的冷空氣，弧飛向
遠處的灰暗，矮樹叢
亂點在光曦中。

有些心願埋得太淺。
有些疑問沒有腐爛。
女孩兒領著男孩兒。

它們脫下了花內衣。
它們從新乳房捧出
新秘密。且賣且送。

5

間諜們留主要面具在外國
和京城的一間密室裏。
又疲憊,又輕鬆,暈著頭,
在郊區扮演丈夫或妻子,

或孩子們的好玩的父母。
他們想不到危險把世界
從他們的照相機裏撤走。
地窖和錦囊空空如也。

大自然一再施展僵死
或春天的變臉術;而必然,
從電話裏開出來大卡車,

落下這三更夜剃頭的
第一刀。長老們在鈔票上,
笑嘻嘻的,招呼一切。

6

很像一雙胎兒手間歇地剝著。
一鍋稀粥原來是一鍋雪呀，
可電飯煲熱氣騰騰，是呀，
超市裏的模糊上帝行善了。

救急車忙乎，忙乎。
一股暖乎乎、融化的，
因熟悉而例外的親和力，
抓住我的女性胸膛。

幾乎忘掉了那另外的，
那深深地挖過的地區。
搬呀搬，一次又一次。

扔呀扔，幾乎乾淨了。
可是記得江南的更珍稀的春雪。
可是撕破了這兒的安靜。

7

我們的長電話砍伐著分離我們的市區森林。
我搜索，搜索，四川的農田自沉默中展開，
來啜飲你的眼淚；我一再看見四川，
乾涸的河床重新蓄水；其實沒看見。

你去過那裏。山路蜿蜒而下。那時你驕傲地
寬恕了一個離婚妻子的火熱。
那時一張寄自上海的明信片，
勝過本地女子十年赤身震顫。

去年夏天在Petershagen的池塘邊
你找到四葉草，我在路邊找到。
我們需要一個證明。

當我獨自回到四川，我感到
只有灰色——飛機轟地起飛——幫助我領會
而且我像我感覺到：回到了叢林。

8

真，拎著一袋脂粉。
紅色下面最好黑色。
男人體內妖著女性。

即使散亂在
秤和尺子之外，
悔悟和憐憫之外，
當然和想當然之外。

我在一面小圓鏡裏。
出來了一個，還有。
出來了一夥，還有。

即使刪除了
這個被刪除過的村子，
這座被刪除過的房子，
這些被刪除過的日子。

9

下午了，一切坐在我肩膀上。
好一座大湖，被鐵絲網捆綁。
一切張嘴，打哈欠，
而輕風、斜陽，

在湖面豎起墓碑又推倒，
空，空空地迴響。
我們已經交談過。
我們的語言不同。

你不喜歡路邊湖。
不喜歡鐵道劈成兩半的。
不喜歡捆綁起來的。

它們就是喜悅──
自曲向湖心的圓木橋，搖搖擺擺，
烏有鄉向著烏有。

10

被燕子尾巴差減為二。
負數的無窮盡的宇宙。
蝴蝶的花翅貼著窗戶
和無限，度過禮拜六。

鳥嘴提起城市、公寓，
就像錯誤吃掉了帳單。
而蝴蝶臉忙壞了妻子，
她的狐狸心和老虎膽。

本來沒有Petershagen。
一位女士將要把別墅
搬進記憶中的小村子。

她請我進夢裏做減法。
她大睜著警察的眼睛：
　　　　……我，一閃。

1999年春，Petershagen-Wiepersdorf

少年時節

五歲

在薄霜的田埂上，
我跳著走。

父親走進樹林。

我光著腳丫。
一邊計算百日咳的天數，
一邊想加入紅小兵。

李女士送給我兩套《毛選》

半明亮的核桃樹在地上，
畫出一棵黑色的。

我想哭她這麼快就要回城！

她的乳房透過薄薄的襯衣，
為日子畫出一個輪廓。

1998年11月7日於柏林

山街

稍稍斜上竟有山坡

乃至攀崖的欣喜。

晚風微涼把夏季

送到幽深的街區：

兩個女人閒談著，

半街停住，空出

一塊方地。

小夥和女孩換煙，

從酒館泄出的

燈光昏暗（像六六年，

紅衛兵點在鎮街的煤氣燈），

快快慢慢土耳其

音樂，並不難聽。

這樣的滲透的氛圍

叫人想起往事，

不是老人流寓的辛酸，

不是家鄉洪水氾濫。

街右側的墓園裏，

有人從死睡中站起。

1998年8月9日於柏林

追記一個夢

零點整，我剛躺下，
遇見恍然大悟的木匠。
他的背影──帶我走過樹林，
走進山村──幽幽的一盞香油燈。

老樣兒，他年輕而頭白，
作坊仍然是出奇的膨脹。
斧頭下面儘是改變，儘是規則，
霍地一下我們都給改了。

我坐在石凳上，
石凳上鋪石裙，
絲綢的皺褶革命地
捉溫度的香爺爺。

他和滿地順從的石頭，
和他精雕細刻的危險，
觸怒大夥最後的禁區。
他斷血後斷尿，陪罪後陪笑。

石頭的白髮，他的房子……
他的口哨衝著山坡直上。
我轉身，在夢變成問題之前，
空氣是牛奶飛。

1997年2月9日於上海

答劉麗安女士

用文字來限量心胸，
用國家來解放手腳，
實屬不得已而為之。

我所逃避的悠閒，
從疾病取得精神，
教唆男人和女人。

我認為，人生冗長，
無狂風時須有狂風，
有確定時也有恐慌。

2002年8月16日於修平根

金華及東山印象

雲的蛋。
採藥翁的九惘然。
晨昏和地河水。
來去逃閃。

山的豁口，風的
斷處，石頭著綠。

2003 年 1 月 23 日

凌晨，決定不開電視

現在，樹梢的露珠滴下，
會砸死我。

心啊，依舊——
依靠壯麗的瀏海。

2003年3月18日於魏伯村

床邊

這每分鐘的崩潰，
驟定終身，
這秀氣的稀疏的黑草，
艱難地分別。

2003年7月30日

睡的故事

1964，油坊

上小學的第一堂課，
我睡著了。我跟蹤
微鏡片上繁塵中的
球。老師敲我的頭，
「你這樣子，出去！」
我從睡眠中的睡眠，
不斷地醒來。
他發火，自言自語：
「前途不是睡出來的。」

1976，和平鄉

我年齡小，嚴肅，
領導叫我讀悼詞。
站在上千人對面，
念完一段，就睡著了。
領導說：「從沒這麼大的哀痛，
從沒這麼長的沉默。」

1986，成都

接連幾天失眠，

瘦成一根神經，

是不想的一切。

躺著，不動，不睡，

可多想多少事兒！

兩人來訪。一個說：「那天我沒有醒，

床變成球場。我沒感覺，我感覺

樣樣東西失去分量。我像道師，

吩咐球兒鑽進球網。」

一個說：「我家祖傳睡眠，

邊走邊睡。睡著出生，結婚，生產。

我見不著父、母、妻、兒，眼鏡師傅說，

給瞌睡配眼鏡，還辦不到。」

2001，柏林

每扇門窗都像我耷拉的眼睛。
我找進車站旁的日夜咖啡館，
要三次咖啡，三次睡著。
第三次，夥計喊我：「喝咖啡，
要睜著眼睛，醒著喝！」
我說：「我愛閉著眼睛邊睡邊喝。」
他說：「我們咖啡館只接醒客。」
我拖著行李箱和九千公里，
到國家博物館前面的斜坡，
趕在上班人上班前，睡了一覺。

2003，魏伯村

格納第・艾給自戀他的詩，
　　念了兩小時。
他的詩自然，對準我的心弦，
我老婆、阿爾弗雷德、另三五人，
三番五次瞌睡。
我敲老婆的背，叫她忍。
她坐頭排、正對詩人，
我聰明，坐在最後。
第一首沒完，我就睡著。
散場時阿蘭問，我答：
「我睡了，但我睜著眼睛。」
為什麼翻譯他的詩，
他的詩直白、美國化、專研自家，
是俄國的衛生。
我不提倡吃醃肉，絕食。
艾給的理論：詩是睡。他很成功。
阿蘭說：「我不願，
消滅白晝和清醒。」
我說：「不顛倒陰陽。」

注釋

1.阿蘭,專寫男同性戀小說的瑞士小說家。

試試

滿園呢喃為你，
滿天驚雷欲滴。

這梯子上下，
是借重於你。

鍋邊的蟻兒，
放長假似的。

故土，樂土，
亦左，亦右。

天和天曉得，
向我拍嘴巴。

2004年4月23日於安特衛普

星期三和突厥史

我擠過嬉皮笑臉的土耳其市場，跟著一隻粉蝶。
雨中有一片草沼的蒸汽，一塊真絲飛毯的空檔，
一個降B調的天真的報復。一匹老馬怒奔過來，

臥在餐桌上。

2002年7月6日

生日

曾幾何時，我嘲笑那電風扇般抗電的人，
他給下午的訪客道歉，說要閉門捉神偷兒。
他拉上窗簾，關了燈，滅掉他的可憎的影子。

而今我一身唐突，在男男女女和花草跟前均覺不配。
音樂如朽，雷刮耳邊風，早晨的笑話和四十年前的
某美名，再也想不起來。政治的弦越繃越不緊。

試一試電話，就忙音是熟悉的。試一試上帝，
他在練萬仞功戒煙。試一試湖邊的釣魚人，
他給波浪攪得神思恍惚，說魚是電算盤。

得吞一杯酒。得請一夥粗漢來煞風景。得撒臭。
想起來了：被忽來的節日裏進一棵巨草，雞蛋裏的
納粹，
捏掌著幸福，而街巷是按摩師的千手。

被窩更是一冊烏雲的編年史。感謝德國的冷凍夏天。
今天註定貼牆。 一年一回逮著這意外。 眉毛彎鐵
的秀。
舊紙袋裏盡是愁山怨水。何不下樓扔廢？何不拆床？

2007 年 7 月 15 日於修平根

那時我年輕，小看巍峨的感情。
一半我嚮往人云亦云，我成功了，
但無人承認。那悠悠大同的芬芳，
確乎迷人，任何地點都可以剜心。

一半我如花，追求剎那的繁華。
不但是人過新的關卡，還是畫眉，
畫新的天涯。鵠立的時間之激越，
凋謝也盛大，一個字含有萬個家。

那時的早晨，幽暗中畢現雄渾。
下山的老人意猶未竟，下了水田，
把蕪雜廓清。大地的階級美極了，
今昔竟發明，我亦嘗到一勺公平。

反向的一端荒謬大，岔中分岔。
漫天的我即飛散的沙，紛紛獻歌，
自絕如敲詐；個個我都破了壁壘，
都懸在懸崖，望極限兩邊求解答。

「你反我們，我們大夥兒冷清。
你騎一把剪刀找仙境，快回頭吧，
心兒已窮盡。你的看枯竭了河漢，
你非聖人，憑眼淚如何還其滾滾？」

「我竣工啦！每一個我都垮啦！
小分崩合成了大爆炸，各執一詞，
最終一統天下。趁著這婚禮之夜，
你回來吧，和我趣就天衣完人吧！」

2

哀哉流螢，惹出這一長串地震。
我們泰半仍在大營，嫣然地頹廢，
風月搖曳精神。彩鳥兒倒拽天空，
來報佳音，垂枝乃是春困的慧根。

我們可奏琵琶，我們可餐落霞。
我想四海蕭瑟不可怕，可以拯救，
陰曆可黜陽法。何必白夜和黑天，
長此放假？國家英雄宰心猿意馬。

我們饗宴遠近，慷慨捏造腰身。
我們擔憂我之善境，我們抱妻小，
猶如活枯井。我沿途暗自決放棄，
定尺寸，統治趨勢的卻是一朵雲。

　　栽樹的計畫，或糖果點化嘴巴，
或核子彈治蟲牙，和文字的援助，
和臨摹的超高壓，統統一任其舊。
遍地驚訝，驚訝是我必跳的鞍馬。

　　黃昏點油燈，正樂得神思低沉。
被騷擾的遊魂瞥見險韻，直迎向
稀罕的寧馨。鄉野不比辭藻之碎，
洽人之親，在於憐惜失業的對稱。

　　慢出來的時差，諾許婀娜閒暇。
天外的天更為廉價，無須乎美名，
腳踏車踩懲罰。拉警笛並不感人，
求偶的尷尬，匹配著求偶的幽雅。

2002年3月21日於柏林

夜遊

月光在雪地刻下一倍大的樹影，

池塘裏的兩棵，最完整。

（三尺之下也或者有窟窿吧？）

我想起文革，黑白兩色的比例，帶葉子的樹枝，

　我全看顛倒了。

我想起，我拳頭發癢，四野無人。

2003年2月13日

父親

1

下雪天梅花暴動，
地窖裏紅苔綠遍，
你如煮的寡味。
我不敢說節氣，
是先爛的零件。

我不敢說你過河
揭冰時的豁朗，
是末路幸福。
魚兒在你的熱淚，
在反悔中雀躍。

2

舊香的綢衣衫，
贈你敵豔一邊，
反復一人合歡。
數目詭怪換氣，
你天天蹈空虛。

收音機羞於獨裁，
牛羞於吃苦，
爺爺勞心無制度。
我偷了一眼浩渺，
偷了算盤一顆珠。

3

玩錯了牌的後悔，
突識生命的歡悅，
故人飲敬酒。
何必進城過時，
以日月弔速朽。

想哭就哭吧，父親，
今天清明，明天也是。
幫我摘一把屋邊李子，
你不用摘，
南窗吊的那砣愁。

2003年4月5日於魏伯村

天鵝
——回贈臧棣

友人，你再看一眼，
它是修平根水宮的，但又不是。
很久前，它從
晨光脫穎，掀起恬然大波，
我未詫異，彷彿老友新訪。
有次，它穿落霞的婚裙，病態極了，
揮別過於丟失。
後來的江南和歐陸，
招攬或謝絕的地點，
甚或海面、雲端，
突來的水的輕漾間，
它都是安穩的例外。
柴氏葉氏沒錯，
奉載之綠是真實的，
走紅飛白是道德的，
加起來就是美學的。
我很少看它，
很少想要看它。
它不是水面閒逛的大理石，
不是香火單傳的默哀。

我見過，它醒著一隻，睡著兩隻；

高頸狐疑，霎時是象手。

2003年8月4日於柏林

將以遺

在人的止境，我夢

玲瓏世界，恍惚無邊，

博你一個流連。

我的這顆扣子，

可平息身體的反叛，

光陰洶湧，或者有用。

我集有一袋流星，

真不容易，你的癡心，

愛天的吐症。

你說過，你說，

「孤獨的更好一半，就如這一半，

憑空昏暈，在歸途中。」

2003年3月7日 於Schloss Wiepersdorf

致傳統

琴臺

薄冰抱夜我走向你。
我手握無限死街和死巷
成了長廊，我丟失了的我
含芳回來，上海像傷害般多羞。
我走向你何止鳥投林，
我是你在盼的那個人。

2003年11月28日於上海

月亮

我為卿狂。當你的打火機

遞來後半夜，鄉音的乞兒

拿一桿秤稱墳，淮海路塗多了唇膏，

我碰翻經咒。有人喊：「他在那，

　　　　　　　　　　　抓！」

有人實是無人，你老而眼噙寥廓，

我的鐵肋說：「去呀，這裏就是時候！」

2003年12月3日於上海

突至的酒友

孤膽扒手，別來無恙？
這一皮夾子的債我不給你，
我舉了高利貸，我兌現默契。

勿急，我腰中的八個痛
合成了萬幸，你拿去，
對付逆河跳著的虧空。

我呢，跟著幻變，
坐等你翻牆入室，與頓然
共為從來沒有的真實。

2003年12月6日於上海

衣裳

黃昏是我的破曉。

六七點鐘,蹊蹺像個支書,

像筆漏的石頭和山秀,

　和酒釀圓子。

我倒拎陰溝,另一手拎狂舞,

　堅坐著。睡者正是死者,

我夢見你的夢但又不是。

2003年12月27日於上海

當幾個車站扮演了幾個省分，
大地好像寂寞的果皮，某種醞釀，
你經過更好的冒充，一些忍耐，
迎接的僅僅是英俊的假設。

經過提速，我來得早了，
還是不夠匹配你的依然先進，依然突兀，
甚至決斷，反而縱容了我的加倍的遲鈍。

這果核般的地點也是從車窗扔下，
像草率、誤解、易於忽略的裝置，
不夠酸楚，但可以期待。
因為必須的未來是公式揮淚。

我知道，一切意外都源於各就各位，
任何周密，任何疏漏，都是匠心越軌，
不過，操縱不如窺視，局部依靠阻止。

2005年11月18日，車過山東的時候

根據「正常的生活」

我擅場當面間隔。
毛巾被保持兩片晚霞的惜別。
床燈迂曲如同午夜隔著太陽，
趴在衛生間的口紅記錄殘缺。

我腳邊的某個東西在協助我，
我不知道它如何知悉無聲呼救，
紅裝上陣，像失業保姆。
因此涯際隱約，盆草初葉。

睡眠是上了鬧鐘的。
我聽從紙疊山巒，蟬的牙醫鑽頭，
突圍昨天的樹叢，又不觸及你。

沒有力挽趨勢怎麼完成狂瀾，
散在電腦後面的獸類暗中改制，
股份推出一款皮膚，便於割捨。

2006年7月18日於開封

夜，暴雨、停電，蠟燭悉數癱瘓

舊京三首

1

因為一塊玉的翱翔，久臥的諾言
和我聯繫起來。

想一想，李樹獨自潔白，
被我突破，同時，我被突破。
這踐約的溫暖，
節省了性欲一般竄跳的藥。

我撿起你拋在地上的扭屁股的分幣，
試探中原深攢著的鎖。

2

甩髮少年冒犯我的床沿，諂媚
我的一個舊死。

在開封，今天不洗頭，搔落的星系
九個是政治的，一個是中庸的。

凡自購問候、阿諛領導、偽造學歷，語言
入魔之類，都獲諒解。少年啊，你太青紅！

我，魂繫地下十多米處的秩序，
羞看欲者灌欲者、逃避者灌逃避者的酒。

3

胡辣湯辛酸無度，哲學王
當農業銀行分行長，收支不已。

女兒有狂風形狀，與媽貌合神離，
夢嫁一門嗷牙的外語。
媽不能主動了，牙線的光陰滋味
佇候各樣聰明的填空。

切忌換在旁觀的座位，
吃金銀花救入局的邊緣情緒。

2005年5月18日、19日於上海

與占春、劉恪閒談

我們在歷史系樓前顧盼左右的時候，
我邂逅了一個空洞，衛生得穿不過去。
我不便告訴你們，空白的毒品味道，
就像牙齒對氣的故意含混，我的遲到，
並不證明荒謬獲得了原諒。
看看我們的學生，就曉得浪費
是謹慎的美德，每一年的新機器，
三點式的、甚至更自然壟斷樣式的，
都不能遏制隨便、精確的錯誤。
大錯能夠糾正小錯，醫生相信這一點，
他知道真理出乎杜撰。
我們的否定跟觀點、跟規模無關，
我們的饑餓已經消化了一些象徵，
我們本身，只是一個奢侈的衝動。
克服了風景、歪曲了定律、見識了
遺忘整理過的語言之後，
衝動反而大了，冒昧而且骯髒。
只有小於沒有的稀薄真切抗衡。
但這，算不上恭敬和嚴厲的理由，
單獨向自己客氣無助於孤行的氣候，
每一次向前，不必是清洗從前。

所以不忍，所以年紀到了，
天空猛烈頒佈皺紋，不過一小會兒，
然後的混亂，不過是潮濕。
勉強可以分解為徵婚般的感傷和預訂的
對稱的羞辱，裸著難過的體形走在街上，
回顧公車裏的旗幟少年，似曾相識。
你們說，這過於健康的反動地點，這修正
承諾過多的地名，是不是偶然得如同踐約？
你們是我的扮相，踏著滿地的雲的聚散。

2005年11月10於開封

放假

十一月的最初幾天用於還債。
吃緊的車票和三個省的凍傷，
不敵大規模觀賞風景的失敗，
高價速食麵佈置著人情方向。

在任意增加的格子中間，
漏油泗溢，旅客假裝著急，
難得落到實處，體驗時艱，
河溝裏的牛強硬地不讓騎。

急事解決得快，雪化了遺址，
小賣部僅剩幾袋漲停的榨菜。
臨時老闆娘覺得自己了不起，
踩著洋氣的尿結成的的冰塊。

2005年10月10日於開封

夏天的告別

逆向自然的決定，更多的由此及彼，
機票在跌進旅行包時來回地閃爍。
德國是醒來的地方，柏林從來無夢，
我的身影觀賞我：如意的反抗擺設。
這幾年我丈量幽暗，我想告訴來者，
花幾天漫遊刻度，之後和分寸打賭。
但我不會認識接替我的一個或多個，
被估計出來的地方的聰明的病人。

街角麵包店的黑白麵包和樓上加急的
業餘神經病的發作正入伍記憶的花絮；
窗戶更加校正，儉省故意的忽視，
所見略低於暖氣，留戀越發偏頗，
高床懸在這裏的鼓吹的取消之上；
晨報為「今天」送來最近的昨天；
咖啡如常，不用成心地多喝一碗；
部分援助因為其人其城貿然停頓，
因為效果獲得距離的精緻的豁免。

氣氛的雷管點火了，這邊逐漸變成
那邊，贈言具有未來的幽暗味道。

這邊和那邊同時發生後怕和磁力，
這邊更加純粹為無關痛癢的苟且，
那邊玩弄自由像玩弄忠實的錘子。
挽留到底落後了，懇切近乎指責，
靜觀反而樂觀一點，補足周圍的壓力。
委身於推諉，摸索上一和下一個天氣。

告別所成形的穹隆依靠修改見識，
依靠回歸，不能充實和變廉為貴；
反季節的過時的分析的雪花，
連器官也不能稍微地反動一下。
呼吸晶體和被迫廉潔已經過頭，
假設是一隻鳥兒該多麼委屈，
服從可以當真的恭維。
長覺收穫圓滿，又在凌晨上床，
但黎明還稱不上要投入的黑暗，
固然修辭的政權都謹候著推翻。

多少態度被偏僻拔萃，被集體暗戀，
登出的電話號碼夥著神交的密碼。
超市歸來，巧克力之類易壞禮品

放進行李，與等號的隔閡隔絕開來，
跪到暴君膝下，但並非駁斥街道節。
得告訴湯瑪斯，隨時崇敬裸體欠妥，
真相很尷尬，感冒佈置過涼的真理。
得告別挖掘，餐桌上的自白儀器。
哎，我討厭訣竅，核算日子的可惜。

我眷戀相知的這塊空地補充了鐘點，
我不永訣的匿影了，春天的武裝商榷
幾乎能夠繼續。我單獨的鬢角勝任著
雙份孤詣。所幸柏林噴薄於汽車尾氣
蒸發於光頭起床，失蹤的具體當中，
我感應得到。相反，豎在無靠之環內，
現狀一個禁錮，你修繕我未竟的獨立。
遠處拆卸你的寂寞，裹脅我夜夜低迷。

2005年11月29日於開封

跋

　　1985年一個乾燥的春夜，我離開醫院的辦公室感覺煩亂，喉嚨燒烤著穿過漆黑的窄巷，到家發現鼻血濕透了衣服。深夜雨至，止血無效，我塗下了我的第一首詩。那些年從頭到肛門常常生病，總出血，寫詩一半是自選的譫妄症。我身體稟賦不錯，不然經不起種種疾病的始終侶伴，我想我寫詩屬於加入病魔，但沒想要統帥迫害，更談不上自我治療。

　　寫詩開初十年我跟創造詩歌紀元的很多風雲人物交往頗深，但不曾說起自己的詩歌認識。說什麼都是順便應景。我有些害羞，把謙虛看成批評方法，而且自估訴諸分析的情景交織的口語短制不合時宜。我以為我早期作品的語言具有現代性的為人焦慮，但被社群情感的辨認模式含蓄住了；我是農村出來的，不敢想像文化身分的選擇與社會政治立場斷然分離，正是為此，花了一些功夫去讀傳統，企圖理解來歷；當時輿論鼓勵否定價值、取消意義和純粹修辭，歸宗公孫龍吧，我順勢把我的幼稚當成世故。現在看來，杜絕本土思想資源及其允許的知識框架，研發適用的當代詩歌寫作方案或當代詩歌的意義取得策略是不現實的，我們在不現實的文學現實中煎熬過很多日夜。

　　我在縣城行醫大部分時間住在無法修補的漏雨的房子裏，後來在成都和上海的住處也都極小，所以在去德國以前寫的基本是街道上的故事。那時我甚至認定室內的苟且種種不能入

詩。連煮飯、排泄和好些時候睡覺都在露天，街道和郊野自然
成了運籌思維的燭幽空間，那時我每晚要在街巷和山溪間狂走
至精疲力盡。為行人、櫥窗和店鋪裏的運動著迷，為人和地點
發明理由，為潮流起落改造冷嘲熱諷與無動於衷的心理變故，
回想起來，我的世界涼暖多從街道感知，探索自我所在與文字
倫理重疊的時刻不光有意無意地仰仗著，其實將其多多少少反
射回去才比較安心。住房問題解決以後，積習已限制眼界，一
遇街道便像老友重逢，精神為之協調。我似乎瞭解街道的舞臺
性和街道上的表演性，就此也知道一點寫作的局限性，對幽暗
的來處和去處心存恐懼。

　　我到了諒解的年紀了，誠實說，我一生沒讀到幾首心悅誠
服的詩作，在社會問題發作階段獻身語文，我也沒摸索出幾個
神氣的句子。世上沒什麼了不起的人，也沒什麼慚愧的事業，
我生在山陲，第一次爬上山頂四顧渺茫就對登頂意志大不解，
遂把生與死的目標訂在山坡，想有個上下瞻顧、暖涼間來的村
社中的位置；最近，這個理想也動搖了。這次編輯的都是手邊
找到的一個檔夾中的舊作，把山坡二字提到書名中作個紀念，
實在是對山坡有所請求。山坡是老家騎龍廟山的臉盤、雞胸與
部分鼓腹，父親有時從山腳上去串門、看田或者掃墓，偶爾停
在下坡路上打電話，用餵雞或喚狗的昵聲叫我莫寫至少少寫。
我口是心非地答應他，他的家教是不得打擾別人。我正寫我的
最後一首，大約要花十二三年，還要好好地打擾一次。

　　我的詩歌觀念不算新穎，是在擺脫我的詩歌英雄的過程
中一點一點認可到和清理出來的。我的困難始終是為隨時出現

的分離性和在我們身上的爆炸點的多次引爆找到解釋，理解的隨即過時常常是寫作活動不能止步的主因。我在別的地方講過對制度、當代性以及澄清處境的倫理建設的意見，但我把自己看成是與所有人分享突破一切禮法禁忌的慾望怪獸種族中的當然一員，能夠在地區性的創世之醜和惡中感受到清新，一種真實的崇高感。我並不厭惡那些無足輕重的偽善說教和偽飾的美學，它們就像主張饕餮的飯店門口的假牌坊和實行群婚的洗浴中心門口的西方神像，向財富的積累速度貢獻疲憊的花邊。有時我也發些同樣的哀歎，因為積累財富的野性衝動顯然要被享受生活的文質衝動所取代，一旦經濟走上下坡路，保證彼此互不干擾的民主制必然要在東方固定我們的社會分層。我不加入不分青紅皂白地否定能量的詆毀合唱，不等於放棄批評立場，只不過選擇站在更大格局中的更多受益面而已。有了這個負擔，走在街道或者山坡，置身於利益糾紛，就不可能做單純的語言愛好者；我不羨慕不朽，我相信生命是靠必死性證明的，構成處境的種種關係的代謝進度像催肥素一樣把死亡養成龐然大物，卻也整體地消除其黑暗之恐嚇。

因此，具有了坦然的心情，就只能雕琢曲盡坦然的形式，完成與流動著的內容的匯合。我偏愛中長篇體制，但這裏這樣的短制似乎較能保障理智與即興的協調，可讀性強點。

2012年12月2日於開封

語言文學類　PG1020　中國當代詩典　第一輯 06

山坡和夜街的涼暖
——蕭開愚詩選

作　　者／蕭開愚
主　　編／楊小濱
責任編輯／林泰宏
圖文排版／詹凱倫
封面設計／陳佩蓉

發 行 人／宋政坤
法律顧問／毛國樑　律師
出版發行／秀威資訊科技股份有限公司
　　　　　114台北市內湖區瑞光路76巷65號1樓
　　　　　電話：+886-2-2796-3638　傳真：+886-2-2796-1377
　　　　　http://www.showwe.com.tw
劃撥帳號／19563868　戶名：秀威資訊科技股份有限公司
　　　　　讀者服務信箱：service@showwe.com.tw
展售門市／國家書店（松江門市）
　　　　　104台北市中山區松江路209號1樓
　　　　　電話：+886-2-2518-0207　傳真：+886-2-2518-0778
網路訂購／秀威網路書店：http://www.bodbooks.com.tw
　　　　　國家網路書店：http://www.govbooks.com.tw

2013年9月　BOD一版
定價：330元
ISBN　978-986-326-168-1
ISBN　978-986-326-178-0（全套：平裝）
版權所有　翻印必究
本書如有缺頁、破損或裝訂錯誤，請寄回更換

國家圖書館出版品預行編目

山坡和夜街的涼暖：蕭開愚詩選 / 蕭開愚著. --
一版. -- 臺北市：秀威資訊科技, 2013. 09
　　面；　公分. -- (中國當代詩典. 第一輯；
6)
　　BOD版
　　ISBN 978-986-326-168-1 (平裝)

851.486　　　　　　　　　　　102015887

讀者回函卡

感謝您購買本書，為提升服務品質，請填妥以下資料，將讀者回函卡直接寄回或傳真本公司，收到您的寶貴意見後，我們會收藏記錄及檢討，謝謝！
如您需要了解本公司最新出版書目、購書優惠或企劃活動，歡迎您上網查詢或下載相關資料：http:// www.showwe.com.tw

您購買的書名：_____

出生日期：_____年_____月_____日

學歷：□高中 (含) 以下　　□大專　　□研究所 (含) 以上

職業：□製造業　□金融業　□資訊業　□軍警　□傳播業　□自由業
　　　□服務業　□公務員　□教職　　□學生　□家管　　□其它_____

購書地點：□網路書店　□實體書店　□書展　□郵購　□贈閱　□其他

您從何得知本書的消息？

　□網路書店　□實體書店　□網路搜尋　□電子報　□書訊　□雜誌

　□傳播媒體　□親友推薦　□網站推薦　□部落格　□其他_____

您對本書的評價：(請填代號　1.非常滿意　2.滿意　3.尚可　4.再改進)

　封面設計____　版面編排____　內容____　文／譯筆____　價格____

讀完書後您覺得：

　□很有收穫　□有收穫　□收穫不多　□沒收穫

對我們的建議：_____

_____

_____

_____

11466
台北市內湖區瑞光路 76 巷 65 號 1 樓

秀威資訊科技股份有限公司　　　收

BOD 數位出版事業部

....

（請沿線對折寄回，謝謝！）

姓　　名：＿＿＿＿＿＿＿＿＿＿　年齡：＿＿＿＿　性別：□女　□男

郵遞區號：□□□□□

地　　址：＿＿＿＿＿＿＿＿＿＿＿＿＿＿＿＿＿＿＿＿＿＿＿＿

聯絡電話：(日) ＿＿＿＿＿＿＿＿＿＿　(夜) ＿＿＿＿＿＿＿＿＿＿

E - m a i l：＿＿＿＿＿＿＿＿＿＿＿＿＿＿＿＿＿＿＿＿＿＿＿